KB201852

행복은 언제나
당신의 편

행복은 언제나 당신의 편

안시내 에세이

필름

어디로 향해야 할지 몰라
길을 잃은 채 걸었다.

사랑과 여행
그리고
이별 끝에는

한껏 자란 내가 있었다.

그러니 걱정은 바람에 흘려버리자.

행복은 언제나 내 안에 있었다.

Part 2

여전해서 고마운

Part 3

도착지는 어른이 아니라 그저 나

"

미운 이를 밉다고 규정하고 나니,
더 이상 그들에 대한 생각이 나지 않았다.
괴롭지 않았다. 밉지도 않아졌다.
그저 나와 다를 뿐인 사람.
사랑할 시간은 한없이 풍부해졌다.
나를 지치게 했던 건 타인이 아니라 나였다.
미움이 있으니 사랑은 선명했다.

"

Part 1

그게 날 만들었지

레몬진저허니티

"쿠미코 하우스가 사라졌어."

인도에 머물고 있는 여행자 히사시에게 연락을 받았
다. 우리는 인도의 오래된 게스트 하우스에서 만났다.
그가 사라졌다고 말하는 '쿠미코 하우스'에서다.

50년 전, 전 세계를 떠도는 여행자들과 히피들이 바라
나시로 모였을 때, 일본인 여행자 쿠미코 상이 인도인
시인을 만나 갠지스강에 문을 연 게스트 하우스다. 아
마 인도를 사랑하는 여행자들이라면, 한 번쯤 들어 봤
을 것이다.

그게 날 만들었지

인도에서 가장 싼 숙소, 감옥 같은 도미토리, 침낭을 깔고 앉는 곳이 곧장 자리가 되는 열악한 곳. 옴진리교의 교주가 이곳에 머물렀다는 이야기도 있다. 이 좁은 곳에 그를 추종하는 수십 명과 머물렀다지. 묘한음기로 가득 찬 곳. 누워서 눈을 감으면 갠지스강의 비린내가 올라오는 곳.

이곳에 머물 때는 늘 바닥을 지나다니는 개미들에게 물려 온몸에 불긋불긋한 잔흔이 남았다. 나는 그것을 '쿠미코 타투'라 불렀다. 여행이 끝날 무렵에는 잔흔이 사라지는 게 못내 아쉽기도 했다. 그곳보다 열악한 숙소는 숱하게 여행을 다니는 지금까지도 찾지 못했다.

이곳 옥상에서는 갠지스강이 한눈에 보인다. 나는 그곳에 올라가는 걸 좋아했다. 유난히 날씨가 좋은 날에는 연한 파랑의 바다와 하늘이 맞닿는 듯했다. 이곳에 오는 원숭이들은 영악해서 빨랫줄에 걸린 양말을 훔쳐 갔다. 창살이 있는 창문 너머로는 연을 날리는 소년들이 보였다.

바라나시에서 가장 이질적인 곳. 혼탁함 속의 아름다움. 낡은 때와 먼지 속에서 그곳의 하늘은 유난히도 빛났다.

나는 2개월씩 다섯 번의 인도 여행을 다녀왔다. 그중 네 번을 쿠미코에 머물렀다(첫 여행에서는 여행 고수들만 간다는 숙소의 소문이 무서워 오지 않았다). 길게는 한 달을 쿠미코 하우스에서만 지낼 때도 있었다. 한 달을 이곳에만 있으면 지루하지 않냐는 질문에 대답 대신 함께 머물다 간 여행자들의 얼굴이 하나하나 떠올랐다.

제주에서 목수 일을 하는 인철 오빠, 매일 아침 언니와 오빠들을 위해 레몬생강차를 만들어주는 열일곱 현유, 짙은 아이라인과 인도 전통옷 '사리'를 입은 모습이 매력적이던 크리스, 매일 침대에 앉아 기타를 치며 노래를 부르던 진또….

그곳에 머물던 대부분의 여행자는 장기체류자였고, 그래서 하루하루를 급히 보내는 법이 없었다. 무엇을 보러 가느라 서두르지 않았고, 대개는 타인에 대해 궁금해하는 이들이었다. 우리가 이곳까지 흘러온 이유에 대해 이야기하거나 침묵했다. 한국의 내가 익숙해질 때면, 나는 느린 시간이 흐르던 이곳을 그리워했다.

종종 인도가 그립다는 말 대신 쿠미코의 아침이 그립다고 말했다.

결국 쿠미코 하우스가 사라졌다. 어쩌면 알고 있던 결과였다. 쿠미코 상은 노쇠했고, 연상의 남편인 시인은 내가 머물던 시기에 돌아가셨다.

나는 그 장례도 함께 치렀다. 남편이 떠난 후, 매일 아침밥을 해주고 큰 소리로 우리를 부르며 부지런히 청소를 하던 쿠미코 상은 대부분의 시간을 누워서 보냈다. 올 초에 갔던 쿠미코 하우스에서는 더 이상 쿠미코 상이 보이지 않았다.

누군가가 그의 무릎이 아프다는 이야기를 했고, 누군가는 더 이상 앞을 볼 수 없는 상태라고 말했다. 쿠미코 상이 없는 쿠미코 하우스는 전보다 깨끗해졌지만, 여행자의 마음을 데워주던 온기가 사라졌다. 씻지 않은 개의 쿰쿰한 냄새만이 감돌 뿐이었다. 수십 년 머물러 있던 오래된 낙서들은 지워진 지 오래였다.

히사시는 곧이어 영상을 하나 보내왔다. 이미 낙후된 건물이 잘게 부서진다. 갠지스강의 하늘이 점점 잘 보인다. 50년의 흔적이 회색 벽돌로 쪼개진다. 태양처럼 빛나는 노란 페인트가 발린 벽은 부수어지고 바래졌다.

구글맵에 쿠미코 하우스를 검색한다. 여전히 이곳에 대한 기록이 남아있음에 안도한다. 댓글에는 여러 여행자의 기억이 묻어있다.

"가끔씩 술 마시거나 외롭거나 하루하루 살아가는 게 힘이 들거나 하면 23살 때 이곳에서의 제가 기억나 울

컥하곤 합니다."

"'아침 식사 시간!'을 외치는 아줌마들의 외침이 그리워요."

"쿠미코 하우스에서 일어난 일을 누구도 잊지 않는다."

"1997년 2월에 묵었습니다. 옥상에서 자다가 모기에 얼굴을 찔렸습니다." (그는 퉁퉁 부은 얼굴이 새겨진 필름 사진을 함께 게시했다.)

4년 전에 쓴 내 댓글도 보인다. 쿠미코 할머니가 건강했으면 좋겠다는 내 댓글에는 '좋아요'가 10개나 눌려 있다. 할머니는 건강을 찾지 못했고, 쿠미코의 아침 식사 시간은 사라졌으며, 어떤 여행자의 부은 얼굴은 이미 가라앉은 지 오래일 것이다.

우리의 모든 추억이 담긴 쿠미코 하우스는 허물어졌다. 돌이켜 보면 수많은 것들이 세상 속에서 지워졌다. 동해에서 내가 가장 좋아하던 설렁탕집은 재작년에 폐업했고 초등학생 시절 매일 하교 시간을 손꼽아 기다리게 만들었던 문방구의 라면땅도 이제는 사라졌다. 레몬생강차를 타주던 열일곱의 현유는 이미 생업에 바쁜 20대 중반이다. 세상에 영원한 건 없다.

그래서 쓴다. 기억이 가물가물해질 때쯤, 원고 파일을 뒤져 쿠미코의 지난날을 기억해 가기를 바라면서.

나를 안아주던 쿠미코 할머니의 다정함이, 갠지스강을 바라보며 마시는 레몬생강차의 시큼달달한 맛이, 양말을 훔쳐 간 원숭이를 보며 깔깔거리던 그때의 순수함이, 글 속에나마 머무르기를 바라면서. 나의 쿠미코가 글 안에서라도 숨 쉬길 바란다.

글을 쓰다 말고 현유에게 연락했다. 매일 아침 현유 덕에 마시던 레몬생강차가 그리워서다. 레시피가 뭐냐고 묻는 내 말에 현유에게 장문의 답장이 온다.

그냥 별거 없어. 생강 껍질 잘 정리하고 얇게 편 썰어서 물에서 30분 정도 끓이는데, 생강을 화끈하게 많이 넣어야 해. 그렇게 10분을 끓여. 수저로 떠먹어 보고 생강

맛 때문에 목젖이 화끈해질 때쯤 되면 레몬을 반 잘라서 야무지게 짜서 넣어. 너무 셔서 코끝이 찡그려질 정도가 되면 이제 된 거야. 생강 때문에 엄청 맵고, 레몬 때문에 엄청 시고, 속으로 '이 새끼… 제대로 알려준 거 맞아…?' 이런 생각이 들면 잘 된 거고, '이 정도면 괜찮네' 싶으면 더 넣어야 해. 마지막으로 꿀 한 스푼. 두 스푼 넣어 주면 신맛과 매운맛이 날아가고 레몬과 생강 향만 풀풀 나면서 완성이 돼. 이때 채로 걸러 주거나 없으면 젓가락으로 생강 편 안 쏟아지게 차만 컵에 담아. 아까 짜 둔 레몬에 과육 남은 거 칼로 살짝 떼 줘서 컵에 담아주면 마실 때 톡톡 레몬즙 터지는 게 일품이야. 근데 지금도 종종 레몬진저허니티 끓여 마시지만, 그때 그 맛은 안 나더라구. 그냥 저 때 우리가 다들 나사 하나 빠진 채로 행복했어서 그렇게 맛있게 먹었던 게 아닌가 싶어.

현유의 기억력은 잘 적어놓은 일기장처럼 세세해서, 나는 종종 인도가 그리울 때는 현유에게 연락한다. 내가 모르는 기억까지도 떠올려주는 그에게 매번 괜히

말을 건다. 잘 지내냐고, 그 시절의 우리를 기억하냐고. 현유는 매번 장문의 메시지와 함께, 엉망진창이지만 해맑게 웃는 여행자들의 사진을 건넨다. 사진 속의 나는 낯설다.

그때가 그리워져 다 같이 보자는 내 말에 현유는 말한다. 시간이 너무 지나서, 우리가 나눌 수 있는 이야깃거리가 많이 사라진 것 같다고. 현유의 말에 고개를 끄덕인다. 결국 모든 것은 영원하지 않아서 순간이 소중한 것이라고.

결국 쿠미코 하우스는 사라졌지만, 사라진 것은 그저 벽과 지붕뿐일지도 모른다. 그곳에서 우리가 나누었던 웃음과 이야기, 느린 삶을 향유하는 법은 내게 체득되어 고스란히 남아있다(마치 현유가 레몬생강차 레시피를 아직도 기억하는 것처럼!).

한동안의 여행은 늘 그곳을 떠올리며 시작할지라도, 나 역시 언젠간 쿠미코가 더 이상 그립지 않을 거다.

책 속에 묻어 두고 오늘을 걷다 보면, 분명 내게도 새
로운 쿠미코가 생길 것이다.

그럼에도 불구하고 사랑을 하자고

사랑이라는 단어를 떠올리면, 두려움이 엄습한다. 사랑은 행복한 것이라 굳게 믿던 어린 날도 있었다. 연애 중의 나는 끊임없이 행복했다. 그때의 나는 사랑의 모든 것에 통달한 것처럼 말하곤 했다.

"함께여서 행복하지 않으면 사랑이 아니지, 그 순간이 다가오면 이별하는 거야. 그러니까 사랑은 되게 쉬운 거야. 행복만 따라가면 돼. 상처받지 않아야 해." 사랑은 내게 간단한 공식이었다.

그 시절의 나는 늘 사랑 앞에서 비겁하게 도망쳤다. 받는 사랑이 편했다.

누군가 나를 떠올리고, 나의 안위를 걱정하고, 내 기쁨을 위해 애쓰는 모습. 그런 것들이 사랑의 전부라고 생각했다. 그런 것들이 아닌 다른 감정이 찾아올 때나 상대방이 나를 다른 태도로 대할 때는, 이별을 고했다. 그 순간은 연애를 시작한 지 몇 달 만에 찾아올 때도, 때로는 몇 년이 지나 찾아올 때도 있었다.

사랑은 쉬웠다. 사랑은 통제할 수 없는 거라는 사실을 그때는 몰랐다.

20대 후반의 어느 해, 나는 제주에 살았다. 집이 있던 건 아니고, 산골짜기에 달방을 끊어 지내거나 친구가 운영하는 게스트하우스의 한편을 빌려 살았다.

낮에는 글을 쓰고 밤에는 술을 마셨다. 가끔 바다로 수영을 갔다. 그 무렵 내가 좋아하던 바닷가 앞의 한 술집은 지나치게 비싼 가격으로 위스키를 파는 곳이었다. 돈이 없던 나는 그곳을 가기 위해 일주일을 내리 굶었다.

그곳에서 그를 만났다. 옆 테이블에 앉은 남자였다. 지나치게 덩치가 컸다. 헬스장을 열심히 드나들었을 게 분명했다. 헬스장 특유의 열띤 에너지를 좋아하지 않는 나는 그를 섬세하지 않은 사람이라 판단했다.

틈만 나면 운동하는 사람, 술을 마시고 호탕하게 웃는 사람, 친구들과 있을 때 유난히 목소리가 커지는 사람. 분명 단순한 사람일 거라 생각했다.

내 이상형과는 정반대의 사람이었는데 자꾸 눈이 갔다. 평소 잘 마시지 않는 독한 위스키의 기운 탓인지, 길게 머물던 제주가 외로웠던 탓인지, 큰 용기를 내어 그에게 말을 걸었다(평소의 나는 길 가는 사람과 눈 마주치는 것도 수줍어한다). 세 번의 거절 끝에 그의 연락처를 받아냈다.

우리의 첫 데이트에 나는 구두를 신고 나갔다. 평소에는 꺼내어본 적 없는 구두. 제주에 왜 챙겨왔는지 모르겠지만, 캐리어에 늘 방치되어있던 높지 않은 굽의 구두였다. 원피스도 꺼내 입었다. 조금만 밥을 먹어도 허리가 조이는 불편한 원피스였다. 제주도에서의 거의 모든 날을, 심지어 시내로 나가는 날까지 삼선 슬리퍼를 고집하는 내게는 이상한 일이었다.

또각거리는 구두를 신고 돌담길을 한참이나 걸었는데도 약속 시간 10분 전에 도착했다. 아직 문이 채 열리지 않은 가게 앞에 그가 서 있었다. 내가 오기 20분 전에 이미 도착했다고 한다. 가게 문이 열리기엔 아직 이른 시간이었다.

우리는 바다가 훤히 보이는 고깃집에 앉아 한참을 얘기했다. 가게가 문을 닫으면 옆 가게로, 옆 가게가 문을 닫으면 또 그 옆 가게로 옮겼다. 모든 곳이 닫고 나서야 바다를 보며 이야기했다.

그는 책을 읽지 않는다고 했다. 중학생 때 읽은 베르나르 베르베르의 소설을 마지막으로, 한 번도 책을 펼친 적 없다고 했다. 예상했던 대로 운동을 좋아했고,

그의 삶에는 오랫동안 운동과 공부만이 존재했다고 했다(공부를 못하게 생겨서 예상도 못했단 말에 그는 되려 좋아했다).

어쩌다 이렇게 정반대의 사람과 마주 앉아 있는 걸까. 문득 그런 생각이 스쳤지만, 그래도 제주니까 이런 일탈이 나쁘게 느껴지지 않았다. 오랜만인 낯선 이와의 대화에 즐거워하며, 그의 말에 계속해서 귀를 기울였다.

그는 마음속에 낭만을 숨겨두고 있었다. 팬데믹이 아니었으면, 아마 자신은 지금쯤 인도 어딘가를 여행하고 있었을 거라고 말했다. 나는 자신의 외적인 이상형과는 정반대라고 했다. 세 차례나 거절한 이유였다.

그날은 못한 말이지만, 사실 그 어두운 바에서 대화를 시작한 지 5분 만에 내게 반했다고 했다. 내 말투와 웃음, 한참이나 커다란 자신을 아이 취급하는 게 어처구니없어서, 그럼에도 뱉던 말들이 마음에 남아서.

지나친 솔직함에 당황하는 내 얼굴 위로 그는 계속해서 말을 쏟아 냈다. 그날의 이상한 끌림 덕에 오늘 이곳에 오기 위해, 그리고 앞으로의 제주에서 어떤 일들이 생길지 몰라 모든 일정을 취소했다고 말했다. 그는 재차 내게 반했다고 말했다. 마치 운명 같다고. 운명 같은 사랑은 없다는 걸 알면서도, 그의 확신 어린 말에 마음이 흔들렸다. 그 말을 끝으로 그는 내 얘기가 궁금하다고 말했다.

책을 읽는 사람이 이상형이라고 말했다. 그날은 나도 내가 무슨 용기였는지 모르겠다고 덧붙였다. 원래 그런 사람은 아니라고 하니, 그가 껄껄 웃었다. 운동은 눈꼽만큼도 관심이 없고, 가장 좋아하는 나라는 인도라고 답했다. 이미 수차례나 다녀왔다고 말하자, 눈이 동그랗게 커졌다. 나 역시 이 계절에는 제주가 아니라 인도라고 말했다.

그는 내 눈을 유심히 보더니, 내 눈꼬리에 움푹 파인 자국이 자신과 같다고 했다. 자세히 보니, 정말 그랬다. 그는 유난히 자주 웃었다. 어색한 사람들에게 습관적으로 짓는 가짜 웃음이라는 것을 난 단번에 알아챘다.

이 사람, 아직 진짜 사랑해본 적 없구나. 필연적으로 느껴졌다. 너와 나는 서로의 진짜 모습을 처음 보는 사람이 되겠구나. 우리는 반대의 결핍에 끌려 결국 서로 사랑하고야 말겠구나. 그의 웃음 뒤로, 아직 펼쳐지지 않은 우리의 사랑이 주마등처럼 스쳐 갔다.

그는 내가 한 번도 본 적 없는 종류의 남자였다. 책을 읽지도, 나를 알지도 못하는 남자. 섬세하기보다는 무심한 남자. 무심하지만 무해한 남자. 그날 이후로 제주에서 매일 그를 만났다. 동쪽과 남쪽, 북쪽과 서쪽, 제주 아래에 있는 작은 섬까지. 모든 곳을 탐험했다. 그는 내가 만난 모든 남자들과 달랐다. 너무 다른 곳에서 온 우리는 할 말이 많았다.

그는 외모에 관한 이야기를 꺼내지 않았다. 내가 좋아

하는 작가에 관한 이야기를 꺼내거나, 여행에 대해 말하지도 않았다. 섣불리 나를 칭찬하지 않았다. 글을 쓰는 취미가 있다거나, 시를 읽으면 운다거나 따위의 내게 잘 보이기 위한 이야기를 하지 않았다.

다만, 내가 하는 말들이 좋다고 했다. 그럼에도 내 말에 져주는 법이 없었다. 명확한 논리로 자신의 의견을 말했다. 앞뒤가 같았고, 모순이 없었다. 나는 그 명료함에 금세 매료됐다.

사랑에 빠진 것을 순식간에 알아챘다. 그와 있으면 내 안의 모든 복잡함이 사라졌다. 다음 사랑이 없을까 봐 불안해졌다. 그와 함께하는 동안 계절은 몇 번이나 바뀌었다. 몇 개월은 내내 행복했고, 다음 몇 개월은 내내 상처받았다.

때때로 나는 말로 그를 할퀴었다. 나는 그의 진심을 내 방식대로 해석했고, 그는 내가 좋아하는 시의 구절을 읽어주지 않았다. 나는 그의 좁은 세상을 꾸짖고,

그는 나의 철없음을 꾸중했다. 이상적인 세상을 꿈꾸는 나와 달리 그의 세계는 지독하게 현실적이었다.

그가 좋아하지 않는 나의 모든 부분이 미웠다. 내가 좋아했던 내 모습이 싫어졌다.

때때로 나는 한없이 작아졌고, 그는 내 냉정함에 슬프다는 말 없이 슬픔을 표했다. 커다란 뒷모습이 약해 보일 때, 이상하게도 자꾸 눈물이 났다. 나는 행복의 반대편으로 자꾸만 걸어갔다. 때때로 우리는 손을 부여잡고 함께 울었다. 사랑은 함께해서 행복한 게 아니라, 초라하고 아픈 거였다. 그 속에서 나는 자꾸 내가 모르는 내 모습을 발견했다. 내 세계에서 나는 자꾸 작아지고 모든 빈 공간을 그가 메우기 시작했다.

그가 나를 깊이 바라볼 때마다 나 자신이 더욱 낯설게 느껴지기 시작했다. 그의 시선 속에서 나는 나의 진짜 모습을 발견하게 되는 건지, 그의 기대 속에서 다른 사람이 되어 가는 건지 혼란스러웠다.

그게 날 만들었지

하나가 되어 가는 과정 속에서, 나와 그는 오롯한 자신으로 존재할 수 없었다. 나는 점점 단순해졌고, 그는 점점 복잡해졌다. 서로가 좋아하던 서로의 모습이 사라져갔다.

사랑에 확신을 가질수록 스스로에게 불확실해졌다.

혼자 여행을 떠나지 않는 나와, 더 이상 독립적이지 않은 그는 예전의 모습을 잊어갔다.

우리는 서로의 존재 자체로만 응원하기에는 너무 깊게 서로를 알았다. 서로를 응원하기 위해 상처 주고, 상처 주지 않기 위해 애쓰다 보니 각자가 가진 소중한 부분들을 내려놓았다. 어쩌면 정말 잃고 싶지 않은 것들이었을지도 모른다. 그렇게 우리는 회색 인간이 되었다.

어쩌면 내 사랑은 틀렸을지도 모른다고 생각했다. 당장 이 사랑을 떠나 내 고유한 세계를 끊임없이 지켜야

한다는 것을 본능적으로 알았다. 당신과 함께하는 미래는 정답이 아닌 것도 알고 있었다. 불완전한 두 존재에게 완전한 사랑은 영원히 불가하다고 생각하다가도, 문득 서리는 두려움에 서로를 끌어안고 서로의 존재에 이내 안도했다.

나를 온전히 잃지 않는 사랑 같은 건 없었다. 그럼에도 나는 계속해서 그를 선택했다. 두려움과 불안함 사이에서 당신을 마주했다. 누군가의 노랫말처럼 너무 아픈 사랑은 사랑이 아님을 알면서도 계속해서 아프기를 택했다.

긴 시간이 흐르고, 영원할 것 같던 우리는 결국 각자의 길을 걷게 되었다. 뒤를 돌아보니 더 이상 끌어안을 팔도 없는, 잔뜩 지치고 다친 내가 있었다. 사랑하지 않는 편이 덜 아프다는 것을 헤어지고 나서야 알았다.

그럼에도 난 이 긴긴 사랑을 후회하지 않는다. 다칠 걸 알면서도 뛰어드는 용기. 아플 걸 알면서도 가까워지는 마음. 결말을 알면서도 걸어가 보는 것. 가시가 잔뜩 박힌 장미의 줄기를 맨손으로 꽉 쥐는 것. 그건 그와 내가 서로에게 알려준 사랑이었다.

문득, 전혀 로맨틱하지 않던 그의 고백이 떠오른다. 유난히 후덥지근했던 어느 날 밤, 제주의 작은 숲 한복판에서. 우리가 만나면 안 되는 이유를 먼저 앞세우며 그는 말했다.

그럼에도 불구하고 시작해 보자고, 사랑을 하자고.

술에 잔뜩 취한 날엔 페이스북을 연다

술이 백해무익한 건 머리로는 알지만, 여전히 끊지 못하는 내게 서른이 넘어 새로운 주사까지 생겼다. 엉엉 울거나, 안 취했다고 우기거나, 집에 가기 싫다고 떼쓰던 건 이미 20대에 졸업했다. 이건 좀 더 심각한 주사다.

양껏 마신 다음 날, (내가 술 마신 사실을 모르는) 누군가가 "시내야, 너 어제 술 마셨지?" 물으면, 얼굴이 화끈해진다. 안시내, 또 저질렀구나.

평소의 나는 주량을 살짝 넘긴 정도로 취하면 자리에서 바로 일어난다. 더 놀자고 잡아도 집에 가기로 마음먹은 이상 어렵없다. 웬만하면 지하철 막차를 타지만, 보통의 경우에는 이미 자정을 훌쩍 넘기는 시간이라 야간에만 다니는 N버스를 애용한다.

동이 틀 무렵까지 운행하는 버스라니. 서울은 참 재밌다고 생각하며 버스를 타면, 낮에는 보지 못했던 다양한 유형의 사람들이 있다.

너무 취한 나머지 바닥에 쓰러져 자는 사람, 창문을 열고 오바이트 하는 사람, 자리를 잡지 못해 봉은 잡았지만 중심을 못 잡고 갈대처럼 흔들거리는 사람, 얼굴이 벌게진 채 혼자 중얼거리는 사람….

서울의 뒷모습은 N버스에 모여 있다고 해도 과언이아니다. 나는 〈인간극장〉을 보는 것처럼 사람들을 유심히 관찰한다. 누군가의 흐트러진 팔을 슬쩍 잡아주다 J가 떠올랐다.

우리는 자주 술을 마셨다. 나보다 훨씬 주량이 약한,

그럼에도 매번 정신을 놓을 때까지 마시는 친구 J는 술에 거나하게 취하면 길바닥에 드러눕곤 했다. 주로, 내게 섭섭한 점을 술김에 털어놓은 날이었다. 몸무게가 나보다 두 배는 더 나가서, 내 힘으로 J를 일으키긴 힘들었다. 함께 술을 마시던 사람들을 불러 모아 겨우겨우 그를 집에 보내곤 했다.

친구 C의 주사는 우는 건데, 바닥에 드러누운 J가 불쌍하다고 바닥을 치며 통곡했다. 그들은 내가 본 최악의 주사를 가지고 있었고, 나는 그 모습이 너무 웃겨서 아직도 그때의 영상을 가지고 있다. 내가 취한 날이면 난 그들의 영상을 꺼내곤 했다. 한참이나 영상을 돌려보면 술이 다 깬다.

집에 돌아가 화장을 지우고, 간단히 몸을 씻고, 잠옷으로 환복한 후 잠자리에 든다. 때때로 팩까지 하고 잠드는데 아무리 취해도, 설령 기억을 잃은 날에도 잠옷차림으로 일어난 나를 보고 안심한다.

그러나 그것보다 딱 한 모금 더 마셨을 날, 그날이 문제다. 버스를 타면 온몸이 휘청거릴 것 같아 겨우 택시를 탄 날에는 나를 걷잡을 수 없다. (그 와중에) 세수를 하고 침대가 아닌 의자에 앉아 휴대폰을 켜 J의 페이스북 계정에 접속한다. 인스타그램은 사라진 지 오래지만, 다행히 페이스북은 지워지지 않았다.

2020년 8월 28일. J의 마지막 게시물이 올라온 날이다. J의 시간은 늘 거기에 멈춰있다.

2020년의 게시물부터 우리가 처음 만난 2014년까지 스크롤을 내리며 샅샅이 훑어본다. 너무 많이 봐서 게시물 중 몇 개는 문장 전체를 이미 외워버렸다. 한참을 보다가 J가 기뻐서 우는 사진을 본다. 지난번엔 못 봤던 사진 같아 유심히 바라본다. 내리다 보니 어린 시절 사진도 있다.

'지금 용 된 거네! 무슨 용기래.'

나는 한참을 깔깔거린다. 우리가 함께 여행을 떠난 날의 사진을 본다. 처음 본 사진 같아 댓글창을 열면, 놀랍게도 3주 전에도, 1년 전에도, 2년 전에도 내가 단 댓글이 있다. 기억 속에 없는 댓글도 많다. 분명 취해서 단 걸 거다.

"바부야!"
"ㅋㅋㅋ이거 귀엽당!!"
"나 너무 못생기게 나왔어, 이거!!"

답 댓글이 없어서 슬프다. 내 댓글들이 너무 유치해서 대댓글을 달아주지 않은 거면 좋겠다. 눈이 시큰거리지만 참는다.

혹시라도 내가 고작 이런 이유로 엉엉 우는 모습을 그 애가 보게 되면 어린애처럼 유치하다고 놀릴 게 뻔해서다. 묽은 콧물이 입가로 흐른다. 짭짤해서 슬프다. 그 애에겐 없는 생의 감각이 너무 잘 느껴져서다. 더 많은 생각이 밀려오기 전에, 두루마리 휴지를 한 통

　　　　　그게 날 만들었지

가져온다.

눈물을 계속 참으면 콧물로 변한다는 사실을 서른 넘고야 알았다.

엉엉 울 수 있는 건 어린아이의 특권같이 느껴졌다. 콧물이 너무 흘러 코가 아픈 나머지 눈물을 참을 수 없을 때 주위를 둘러보고 집에 아무도 없다는 걸 안 후에 비로소 엉엉 어린아이처럼 운다.

2020년 J는 세상을 떠났다. 처음 1년은 믿기지 않았고, 그다음 해에는 이름만 들어도 눈물이 났고, 또 그다음 해에는 내 탓인 것 같아 미안했다. 눈물이 쏙 마를 때쯤엔 그 애를 원망하기 시작했다.

함께하던 여행과 함께 기울인 술잔들이 기억날 때쯤이다. 장기여행을 다녀온 날이면, 맛있는 밥과 술을 사주던 건 늘 그 애였다. 그 빈자리는 누구로도 채울 수 없다는 걸 깨달았을 때, 나는 J를 원망하기 시작했다.

미워하는 게 사랑하는 것보다 더 쉽다고 했던가. 그리워하고 미안해하는 것보단 원망하는 게 적성에 맞았다. 그가 생각나는 밤에는 그리움을 지우고 그를 향한 원망들로 머릿속을 채웠다. 그럴 때면 코가 시큰거렸다.

'나를 두고 네가 어떻게 떠나니.'
'네 짐 정리하는 날 부모님 몰래 네 물건들 숨겨주느라 얼마나 고생한 줄 아니?'
'바보 같은 놈. 세상이 얼마나 살 만한데….'
'같이 가기로 해놓고 약속을 어기는 나쁜 놈!'

J의 페이스북은 마법 같다. 미움도 원망도 그리움도 지워버린다. 그곳은 여전히 그가 살아있는 2020년이다. 바보라고 불러도 되고, 잘 못 나온 내 사진에 태클을 걸어도 되는. 술을 마신 후 잔뜩 느려진 인지력으로, 적어도 그가 세상에 없다는 걸 깨닫기 전의 몇 분간은 그렇다.

잔뜩 주정을 부리다 알림 소리에 잠에서 깬다. 내 댓

글 밑에 달린 댓글들 때문이다. 오래전에 나온 페이스북은 인스타그램처럼 센스 있지 못해서, 내 댓글 하나만으로도 그곳에 5년 전에 댓글을 단 사람들에게까지 알림을 띄운다.

'내가 진탕 술 마신 사실이 또 퍼지겠구만.'

거실에 아직 남아있을 휴지 뭉치들을 치우러 나간다. 다행스럽게도 "또 저러네."라고 말하는 사람은 없다. 우리의 공통된 지인들은 나와 비슷한 댓글을 단다. 바보, 보고싶다, 잘 나왔다 같은 뻔한 이야기들.

매년 한 해의 목표를 적어 두는 애도 있다. 그 목표를 이루면 "나 이번 연도에도 해냈다!"라고 그 애에게 자랑한다. 2020년에 달렸던 슬픔으로 가득 찬 댓글들은 이미 나와 이런 이들의 댓글에 묻힌 지 오래다.

오랜만에 J의 페이스북에 술을 마시지 않은 채로 들어가 본다. 2020년의 그는 지금의 나와 동갑이다. 맑은 정신으로 자세히 보니, 나보다 훨씬 나이 들어 보인다. 이게 다 내 잔소리에도 불구하고 선크림을 안 바르고 다닌 탓이다.

이곳에서 영원히 나이 들지 않을, 그의 못나고 귀여운 얼굴을 한참이나 바라본다.

미워할 용기

1월 1일이 되면 으레 그렇듯, 나 역시 한 해를 채워갈 계획을 세운다. 매일 운동하기, 술 줄이기, 게임 시간 줄이기. 작은 것들이지만 한 해가 지나갔을 때 돌이켜 보면 계획의 반쯤은 이뤘다.

제법 괜찮은 성과다. 신년 계획에는 표면적인 것들도 있지만, 한 해에 한 가지씩 주문처럼 바라는 게 있다. 조금 더 사랑이 많은 사람이 되기, 다정한 언어로 하루를 시작하기, 조금 더 '그러려니' 하는 마음으로 살아가기 같은.

새해에 정한 다짐은 나를 늘 더 나은 인간으로 바꾸어

주곤 했다. 오늘은 모자란 나일지라도, 내일의 나는 조금 더 다정하고 사랑 많은 괜찮은 인간이 될 것이라 믿고 묘연한 희망 같은 것을 느꼈다. 올해는 달랐다. 평소처럼 더 나은 사람이 되고 싶은 마음으로 정한 게 아니었다.

누군가를 미워하기로 결심했다.

미워할 용기. 내가 누군가를 미워하는 것은 미움받을 용기보다 열 배는 어려웠다. "시내는 왜 질투가 없어?", "안시내가 미워하는 사람이면, 그건 진짜 나쁜 놈인 거야." 같은 말을 매해 몇 번은 들을 정도로, 내게 누군가를 험담하거나, 싫어한다는 건 있을 수 없는 일이었다.

사람을 미워하는 게 불편했다. 누군가 내게 피해를 끼쳐도 그러려니 했다. 늘 참다 보니, 내가 화내는 모습을 궁금해하는 이들도 생겨났다. 누군가를 향한 미운 마음이 슬그머니 고개를 들면, 되려 스스로가 싫어졌다.

마음에는 언제나 의문이 앞섰다. 나 역시도 결함투성이인 인간인데, 타인을 미워할 자격이 있나 하고. 데이고, 마음이 다 소진될 때까지 그렇게 인연을 이어갔다. 좋은 모습을 찾아내려고 애쓰고, 또 애썼다.

지나칠 정도로 친구가 많아졌다. 찾는 사람이 많아질수록, 모든 말들을 이해하려 할수록 마음이 너덜거렸다. 친애하지 않는 누군가에게 만나자는 카톡이 오면 괴롭기까지 했다. 하지만 그들의 마음이 다치는 것보다는 내가 피로한 게 나았다. 거절은 날로 어려워졌다.

새해를 맞이하고 들어가 있던 대부분의 단톡방에서 나왔다. 조금이라도 불편한 마음이 드는 이들을 지워가니 단톡방은 단 세 개만 남았다. 불편하지 않은 사람은 놀라울 만큼 적었다. 같이 있으면 나도 좋은 사람이 되게끔 만들어 주는 사람, 아무것도 하지 않아도 편안한 사람. 그렇게 두 부류의 사람만 남았다.

인간관계가 명료해지니 마음이 한없이 즐거웠다. 다

른 이에게 에너지를 소진하지 않으니 사랑하는 이들과 가까워졌다. 불편한 만남을 줄이니 시간은 많아졌다. 연락하고 싶은 이들에게 마음껏 연락했고, 그리운 이의 동네로 찾아갔다.

좋아하는 사람들과 함께하는 대화는 밤을 꼴딱 새울 만큼 즐거웠다. 마음 같은 것은 펑펑 써도 남는 건 줄 알았지만, 아니었다. 우정과 사랑과 마음에는 한도가 있었다.

미워하는 사람의 이야기를 털어놓으니 마음의 응어리도 풀렸다. 뒷담화가 이렇게 멋진 거였다니! 밉다고 말하는 것이 이렇게 시원한 것일 줄이야. 결국, 나를 가장 무겁게 누르고 있던 건 스스로 만든 사랑의 강박이었을지도 모른다.

미운 이를 밉다고 규정하고 나니, 더 이상 그들에 대한 생각이 나지 않았다. 괴롭지 않았다. 밉지도 않아졌다. 그저 나와 다를 뿐인 사람. 사랑할 시간은 한없이 풍부해졌다. 나를 지치게 했던 건 타인이 아니라 나였다.

미움이 있으니 사랑은 선명했다.

애정하는 이의 생일이 다가왔다. 노란 프리지아를 구하기 위해 꽃집마다 전화했다(나는 전화 울렁증을 심하게 앓고 있다). 상당한 용기가 필요한 일이었다. 요즘은 프리지아가 없다는 말을 수차례 듣고 새벽 시장에 가기로 마음먹었을 때, 그것이 하나도 번거롭게 느껴지지 않았을 때, 사랑하는 모두에게 노란 프리지아를 선물하고 싶어졌을 때 깨달았다.

어쩌면 내 새해 목표는 누군가를 미워할 용기가 아니라, 더 사랑할 준비였을지도 모른다.

아직 채 피지 않은 샛노란 프리지아 한 아름을 안고 친구의 집으로 향한다. 특유의 맑은 향이 발걸음을 들뜨게 한다. 아침마다 싱그럽게 피어날 프리지아를 보

며 즐거워할 당신의 모습과 함께 프리지아의 꽃말을
떠올린다.

'새로운 시작'

미워할 용기 끝에서 발견한 건, 결국 또 다른 사랑의
시작이었다.

마당의 작은 텃밭에서 잡초를 키운다

마당에 작은 화단이 있는 집으로 이사를 온 지 5년이
지났다. 이사를 결심하고, 처음 본 집이 이 집이다. 흰
색 페인트가 발린 전원주택의 1층, 나만 드나들 수 있
는 작은 마당과 화단을 보고 한눈에 반했다. 보러 간
날, 계약금을 송금했으니 말 다 했다.

나만의 정원이라니! 이곳에 살면 매일 내리는 해를 맞
으며, 토마토를 심고, 상추도 심고, 해바라기도 심어야
지. 나의 꽃들에게 매일 인사하고, 토마토가 빨갛게 익
을 때까지 기다렸다가 입이 심심할 때 하나둘 따 먹어
야지. 친구들과 마당에서 고기를 구워 먹다, 몰래 상추
를 따 와 내가 키운 거라 자랑해야지.

나의 원대한 포부와는 달리, 식물을 기르는 일은 여간 어려운 게 아니었다. 우선 우리 집은 북향이었다. 이른 아침을 제외하면 해는 시폰 커튼을 씌워 놓은 것처럼 불투명하게 들어왔다. 밝지만, 햇살의 온기는 느끼기 힘들었다.

일조량이 애매하면 물이라도 잘 줘야 하는데, '적당히' 라는 말은 초보 식집사를 더 헷갈리게 만들었다. 인간은 아프다고 말할 수 있고 동물 역시 울음으로 답할 수 있는데 왜 식물은 티도 안 내는지, 답답했다.

그렇게 나의 식물들은 다양한 이유로 죽어갔다. 물을 너무 많이 주어서, 해를 너무 조금 받아서, 물 주는 시기를 놓쳐서. 그렇게 죽이기 어렵다는 다육이마저도! 그 후로 몇 년은 아쉬운 마음으로 조화를 들여다 놨다. 화단에는 생기 없는 흙만 제구실을 못한 채 남아 있었다.

올해 초, 주인집 언니가 아파트로 이사를 가게 되면서

작은 나무 몇 그루를 선물해주고 갔다. 작업 공간의 창을 다 가릴 수 있을 만큼 가지가 많은 나무였다.

'내가 기르면 어차피 죽을 텐데….'

이런 생각을 하다가도 이사 초에 했던 다짐이 생각나 냉큼 받았다. 흙 몇 포대를 새로 주문했고, 다이소에 가서 식물 영양제도 사 왔다.

3일에 한 번 '적당히' 물을 줬다. 내 힘으로 들 수 있는 만큼의 물을 양동이에 받았다. 물 주는 걸 까먹은 날도 많았지만, 예전처럼 과하게 신경 쓰진 않았다.

놀라운 일이었다. 처음 심었을 때 칙칙한 연둣빛이었던 잎들 뒤로 반질반질 윤이 나는 초록의 새잎이 나오기 시작했다. 몇 달이 지나니 창문은 나뭇가지가 아닌 윤기 나는 초록 잎들로 가득 찼다.

그때부터 새로운 기쁨이 시작됐다. 괜스레 창문을 열

어 식물들을 보며 흐뭇한 미소를 짓고, 귀가하는 밤에
도 나무들을 보며 내가 잠든 사이에 무럭무럭 자라날
나무들에게 인사했다.

내친김에 다이소에 들러 몇 가지 씨앗을 샀다. 루꼴라,
바질, 방울토마토, 해바라기. 기대 없이 심은 씨앗 중
바질은 가장 힘차게 자라났다.

먹는 양이 수확량을 못 따라잡을 정도였다. 바질 페스
토부터 팟카오무쌉까지 바질로 해먹을 수 있는 모든
요리를 다 해 먹었다. 이게 식물을 키우는 기쁨이구나.
내게 주어진 즐거움을 감사히 만끽했다.

짧은 여행을 다녀온 어느 날, 양동이에 물을 가득 받아
주려 했더니 바질과 바질 사이에 이상한 식물 하나가
자라났다. 이건 해바라기도 아니고, 방울토마토도 아니
고, 루꼴라도 아니었다. '잡초'였다. 마당에 앉아 잡초
를 관찰했다. 도무지 정체를 알 수 없는 식물이었다.

'대체 언제 이만큼 자란 거지? 잡초는 빨리 자란다던데… 잡초를 뽑게 되면 뿌리가 얽힌 바질이 다칠 수도 있으니 잘라내야 하나?'

여러 가지 생각을 하다 문득 나는 왜 이 이름 모를 풀을 '잡초'라고 생각하는지에 대한 의문이 들었다.

시인 에머슨의 문장을 떠올려 본다. 잡초는 그 가치가 아직 발견되지 않은 식물이라고. 내친김에 '잡초'의 사전적 의미도 검색해 본다.

"가꾸지 않아도 저절로 나서 자라는 여러 가지 풀."

나 역시 누군가 아무리 미워해도, 해와 물과 관심을 주지 않아도 자라나던 잡초 같은 사람이 아니었다. 양파 밭에서는 감자가 잡초고 해바라기 밭에서는 진달래가 잡초다.

분명 누군가에겐 사랑스럽고 유용한 식물이 내게 저

절로 찾아온 것이다. 나를 먼저 찾아온 유일한 식물. 자세히 보니 참 싱그럽게도 생겼다.

내친김에 이름도 지었다. '들꽃'이다. 내 텃밭은 들도 아니고 이 식물은 꽃도 아니지만, 문득 대학생 시절 아동문학을 가르치던 교수님이 내준 과제가 생각나서다.

'들꽃과 함께 사진 찍기-이름 모르는 꽃이어야 함.'

누구도 이름을 모르는 꽃을 찾기 위해 관리되지 않은 풀더미를 열심히 뒤졌다. 이름 모를 꽃과 함께 사진을 찍으며 민망하고 행복했던 추억이 슬그머니 다가온다.

나는 잡초를 자르려던 가위를 집어넣었다. 그렇게 잡초와의 동행이 시작됐다.

겨울이 다가온 지금 나는 마당이 있는 작은 텃밭에서

'들꽃'이라 불리는 잡초와 함께 자란다. 새벽의 짧은 해와 담장 너머로 부는 미약한 바람만으로도 우리는 충분히 자란다. 추위도 더위도 모른 채로, 서로를 특별히 돌보지 않아도, 그저 이곳에서 같은 시간을 공유하며 그렇게 자라난다.

스스로를 존중하는 것부터가
행복의 시작.

나를 온전하게 사랑하는 방식

사랑에 한계를 두지 않는 법, 가까워지는 것을 두려워하지 않는 법, 음악을 집중해서 듣는 법, 생각을 버리는 법, 내 소리를 들어보는 것, 말이 건네는 위로, 설거지를 할 때는 설거지만 하는 방법, 마음을 다한 무언가를 온전히 받아보는 것, 타인에게 안기는 법, 어둠으로부터 도망치지 않는 것, 나약함을 인정하는 것, 그것을 드러내는 것, 때로는 강해질 필요가 없다는 것, 눈물을 쉽게 흘릴 수 있는 법, 그래서 슬픔 없이도 우는 방법, 슬퍼하는 방법, 경청을 하는 법, 고집을 세우거나 인정을 하는 법, 당신들을 온전하게 사랑하는 방식.

– GOA, INDIA

우연히 어린 날의 일기를 들추다 인도에서 적은 메모를 발견했다. 이즈음은 아마 인생에서 내가 가장 낭만적인 마음으로 살아가던 날이었던 걸로 기억된다.

지금보다 조금 더 생생하고 찬란한 꿈을 꾸던 20대 후반의 마지막 겨울, 나는 인도의 고아에 있었다.

20대의 나는 1년에 4개월쯤은 히피로, 남은 기간에는 한국이나 해외에서 열심히 일을 하며 (히피도 돈이 있어야 하니까!) 자유로운 삶을 살았다. 4개월간 아무 수입없이 지내는 것은, 여행 중엔 달에 100만 원도 안 쓰는 초절약 여행자인 나에게도 몹시 부담되었다. 그래서 한국에 있을 때는 최선을 다해 할 수 있는 모든 일들을 다 했다. 여름과 겨울이면 태국이나 인도로 떠나히피 혹은 여행자 친구들과 함께했다.

비로소 숨이 쉬어졌다. 나와 비슷한 이들이 그곳엔 많았다. 히피와 여행자 그 어디엔가 있는 사람들. 일용직을 전전하다 돈이 모일 때마다 인도로 오는 J, 빠이 길

거리에서 그림을 팔며 살아가는 K(함께 있을 때는 늘 장사를 도왔지만 팔리는 모습을 본 적이 한 번도 없다), 방학이면 돈을 모아 오는 여행자 H, 세계 어디를 가나 히피들이 모이는 장소라면 늘 악기를 연주하고 있던 C, 제주에서 마크라메를 만드는 A….

다른 점이 있다면, 그들에겐 여행이 삶이었지만, 내게 여행은 도망칠 구멍이었다.

연락처를 몰라도, 어디로 갈지 말하지 않아도 계속해서 마주치는 사람들. 그곳에서 가장 세속적인 사람은 언제나 나였다. 그들과 함께 있을 때마다 나는 언제나 그것이 부끄러웠다.

내가 그렇게 한국에서 좇던 것들은 떠나온 곳에선 아무것도 아니었다. 작은 것에 감탄하는 사람들을 마주할 때면 나는 작아졌다. 한국에서 아득바득 이룬 것들, 남들에게 보여주기 위한 삶과 진짜 나 사이에 놓여 있는 애매모호한 인간. 그게 나였다.

서울에서의 삶이 싫은 건 아니었다. 출근길 지하철의 바쁜 서울 사람들, 인왕산 정상에서 바라본 빛나는 서울의 야경, 한강을 지키는 나무들, 오래된 노포와 높은 빌딩이 한데 어우러져 있는 혼잡한 도시. 이곳의 사람들은 빨랐다. 외롭거나 바빴다.

직업이나 사는 곳, 대학으로 사람을 나누는 이들을 만날 때면 나는 고개를 저으면서도, 누군가 의사라고 말하면 고개를 끄덕이고, 음악을 한다 말하면 그 사람의 벌이를 걱정하고는 했다.

나 역시 흔한 서울 사람 중 하나였다. 1년 중 딱 4개월을 제외하고는. 사회인의 자아와 여행자의 나 사이에서 갈피를 잃은 나는, 일기를 썼던 그즈음 그렇게 열망하던 인도 고아에 도착했다.

히피들의 성지답게 그곳에는 전 세계에서 모인 히피와 여행자가 있었다. 조지 해리슨과 스티브 잡스 역시 영감을 받아 수많은 작업물을 창작한 곳. 누군가에겐

그게 날 만들었지

영감이자 쉼이 되는 이곳에 머무는 사람들이 궁금했다. 짧게는 몇 달씩, 길게는 몇 년씩 이곳에 머무는 이들은 무엇 때문에 이곳에 모였을까.

사람을 관찰하는 게 취미인 나는 이곳 히피들의 삶을 계속해서 구경했다. 그들의 일상은 단순했다. 요가와 명상, 바다 수영과 오늘 만난 이들과의 대화가 전부였다. 그들은 오늘을 살아갔다. 그런 단순한 것들만으로 일상을 이어 나가는 이들을 보고 그렇지 못한 나와 비교하며 괴로워졌다.

한국에서의 나를 떠올리니 그것마저도 괴로웠다. 모두가 열심히 달려가는 서울을 떠올리다, 내 발밑에 묻은 흙을 보니 한숨이 푹푹 나왔다. 이도 저도 아닌 삶. 평화로운 풍경을 뒤로하고 내 머리는 계속해서 시끄러웠다.

돌아가서 겪어내야 할 서울의 삶이 지금 내가 발을 디딘 곳을 잊게 만들었다.

복잡한 마음으로 해변을 걷던 어느 날, 우연히 거리의 담벼락에 붙은 수많은 광고지 중 'Sound healing'이라고 적힌 종이가 눈에 띄었다. 설명을 읽어보니 눈에 띄는 단어는 세 가지였다. Meditation, Singing Bowl, Therapy… 그리고 300루피. 5천 원 남짓한 저렴한 가격에 한 시간이 넘는 수업이면 경험 삼아 괜찮을 것이라 생각했다.

수업이 진행되는 곳은 자못 신비로운 분위기를 가진 공간이었다. 바다를 옆으로 둔 해변가의 어느 오두막, 천장 대신 커다란 나무에서 피어난 이파리가 모여 푸른 하늘을 듬성듬성 보여주고 있었다.

세계 각국에서 온 사람들이 모였다. 그들을 따라 맨발로 오두막의 나무 바닥을 걸으니 발바닥이 까슬거린다. 자리에 누워 바닥에 귀를 대니, 나무와 흙바닥 사이의 공간에서 나오는 공허한 울림이 귓가를 울렸다.

선생님의 말대로 눈을 감고 싱잉볼 소리에 귀 기울였

다. 반쯤은 바다로, 반쯤은 오두막에 갇힌 채 고요히 퍼지는 신비한 소리. 차분히 소리를 따라갔다. 다른 생각, 이를테면 서울의 바쁜 삶이나, 이별한 애인의 마지막 한마디나, 엄마의 잔소리 같은 것들이 하나둘 떠오를 때면 마음속의 쓰레기통에 생각을 밀어내고 소리를 좇았다.

싱잉볼 소리만이 머리와 마음을 가득 채울 때쯤 신기하게도 '무'의 상태가 찾아왔다. 어떤 잡념도 없는 상태. 마음에 엉킨 모든 것들이 침잠한 고요. 의식이 깨고도 나는 한참이나 눈을 감고 누워 세상의 소리에 귀를 기울였다.

파도 소리, 나무가 바람에 흔들리는 소리, 저 멀리 들리는 아이의 웃음소리… 웃음소리를 따라가니, 아장아장 걷는 꼬마와 꼬마를 바라보는 엄마의 맑은 미소가 눈에 걸렸다. 세상을 감싼 소리가 너무나 생생하고 다정해서 나는 그만 자리에 앉아 엉엉 울어버리고 말았다.

영화보다 아름다운 현실을 지켜보며 이 아름다운 것들을 왜 못 듣고, 못 보았는지 너무 서러워서 울었고, 마음을 비우는 법이 사실은 어렵지 않다는 사실이 기뻐서 울었다.

한국에 와서야 서른을 맞았다. 이제야 나를 다루는 법을 알았다는 뜻이다. 마음이 복잡한 날이면 고아에서의 그날을 떠올린다. 머릿속에 떠오르는 모든 것을 비우기 위해 차분한 마음으로 나와의 시간을 가진다.

처음에는 고아에서처럼 싱잉볼 음악을 듣고 누워 마음의 쓰레기통을 만들어 생각을 버렸지만, 명상도 공부나 운동 같아서, 하면 할수록 늘었다.

누군가를 온전히 떠올리며 요리하는 것, 천이 뒤틀리지 않게 재봉틀을 돌리는 것, 요가하며 균형을 잡는 것마저도 모두 명상이라는 것을 이제는 안다.

  사랑에 한계를 두지 않는 법, 가까워지는 것을 두려워

하지 않는 법, 음악을 집중해서 듣는 법, 생각을 버리는 법, 내 소리를 들어보는 것, 말이 건네는 위로, 설거지를 할 때는 설거지만 하는 방법, 마음을 다한 무언가를 온전히 받아보는 것….

20대엔 몰랐던 것들을 서른이 되고야 알아간다. 고요 속에서 마주한 나는 히피도, 지하철 속의 바쁜 직장인도 아니었다. 때때로 여행을 떠나며, 한국에서는 불철주야로 일하는, 특별하진 않아도 순간에 진심인, 여행과 사람과 사랑을 믿으며 사는 사람 '안시내'일 뿐이었다. 둘 중 어딘가에 속하지 않아도 괜찮았다.

어중간한 나라도 나였다.

나의 서른 살은 그렇게 완성됐다. 오늘을 사는 사람들과는 오늘을 살고, 내일을 걱정하는 사람들과는 내일을 걱정하며.

삶의 온도는 끊임없이 맞춰가며 살아가야 하는 것 아

닐까. 물이 끓을 수 있도록 불을 높이고, 물이 넘치면 불을 줄이듯이. 나의 마흔이 기다려지는 이유이기도 하다.

그게 날 만들었지

이토록 초라한 게 작가의 삶일 줄이야

한 통의 메시지가 도착했다.

> "A님이 30만 원을 송금했습니다."
> 기회를 보고 있었어요. 제가 멋쩍지 않도록 발견하시
> 면 받아주시길. 작가를 응원하는 방법이 있더군요. 글
> 쓰시다가 맛있는 게 고플 때 한번 기분 내보시라고. 이
> 제… 작업하셔요.

평소 같았으면 바로 거절할 제안이지만, 나는 잠시 망
설이다. 곧 돈이 사라질 것 같은 조급한 기분이 들어
냉큼 수락 버튼을 눌렀다. 통장 잔고가 떠올랐기 때문
이다. 이런 내가 싫어서 곧장 한숨을 쉬었다.

부끄러움은 금세 사라지고, 30만 원의 사용처에 대해 고민한다. 글 쓰다가 맛있는 걸 먹으라고 했으니, 곧 떠나는 여행에서 마음 편히 밥을 먹으면 되겠다. 36만 원을 주고 산 발리 왕복 티켓(대신 수하물을 실을 수 없고, 밥도 안 나온다)이 나를 기다리고 있다.

정말 오랜만에 혼자 떠나는 여행이다. 1박에 2만 원이 약간 넘는 우붓 외곽의 숙소도 미리 결제했다. 그 여행에서 숙박비와 항공권을 제외한 경비를 30만 원 정도로 잡은 터였다.

텀블러와 인스턴트 커피는 챙겼겠다, 세련된 레스토랑 대신 로컬 식당을 가면 끼니당 3천 원이니 하루에 두 끼를 먹으면 된다.

매일 요가원에 다녀야 하니, 만 원씩. 현지에서만 살수 있는 나염 옷을 위해 남은 돈을 써야겠거니 생각했다. 관광지를 좋아하지 않으니 입장료는 들지 않는다. 일이 끝난 후의 맥주는 과감히 생략한다. 30만 원이면 사실 충분하다.

그런데, 이제 30만 원이 더 생겼으니 60만 원이다. 2주간 부르주아처럼 살 수 있게 된 것이다. 택스가 17% 붙는 유명 레스토랑에서 초밥을 먹을 수도 있고, 요가원도 하루에 두 번이나 갈 수 있다. 기분이 영 좋지 않은 날에는 홀로 펍에 가서 칵테일을 시켜 마실 수도 있다.

행복한 고민을 하다 수신인의 이름을 다시 한 번 본다. 받으면 안 되는 건데. 나이 서른이 넘는데 아직까지 이토록 구질구질하다니.

30만 원을 성큼 보낸 A. A는 집 앞 도서관에서 20주간 했던 글쓰기 프로그램의 수강생이다. 그 강의에서 수강생 모두가 각자의 책을 쓰는 기염을 토했다. 나역시 그들의 노력에 감동해 마지막 몇 주는 글을 함께 교정하느라 밤잠을 못 잤다.

A는 우리 엄마뻘의 나이로, 나는 그를 선생님이라 불렀다. 몇 번이나 그에게 감탄한 기억이 있다. 하나를 시키면 셋을 해오는 사람, 모든 이들의 주축이 되어 의견을 수집하는 사람, 퇴직 후에도 자신의 쓰임이 잊히지 않도록 부지런히 움직이는 어른.

내가 좋아하는 어른이면서도, 나는 그렇게 되지 못할 것 같아 두려운 어른의 모습.

때때로 그는 반찬을 담가 왔고, 귀한 담금주를 만들어 올 때도 있다. 밑반찬으로 매 끼니를 해결했고, 친구들이 집에 놀러 오는 날에는 담금주를 선보였다. 그는 솜씨가 뛰어나게 좋았다. 그리고 그것들을 건넬 때는 내게 꼭 편지를 썼다.

"가엾고 기특한 삶."

A가 나의 책을 읽고 쓴 어느 날의 편지 속 한 문장이 떠올랐다. 어른들은 왜 이렇게 빨리도 나를 알아채는지.

꼭꼭 씹어 먹은 밑반찬처럼, 그가 준 돈을 감사히 소
화해야지.

며칠 전 만난 한 작가가 떠오른다. 내가 여행작가가 되
기 훨씬 이전, 막 대학에 입학했을 무렵 그의 책을 읽
었다. 글만으로도 배꼽이 빠질 것처럼 웃겼고, 사람이
이렇게 구질구질할 수 있나 생각이 들 정도로 솔직했
다. 내가 작가라면 감추고 싶었던 것들을 그는 언제나
용기 있게 말했다(얼마 전엔 공식적으로 커밍아웃도 했다).

언젠가 그를 만나면 물어보고 싶은 게 많았고, 간간이
연락한 끝에 6년 전 우리는 방콕의 어느 프랑스 식당
에서 만났다. 내가 찾아본 곳이었다.

나보다 스무 살은 족히 많은 그는 통장 잔고를 보여주
며(대략 30만 원도 되지 않았다), 이런 곳에서 먹을 형편
은 안 된다고 말했다. 나는 당연히 내가 계산하려 했
다고 말하자 그는 호탕하게 웃었다.

그 시절 나는 제법 잘나가는 작가였다. 비싼 레스토랑에서 식사 한 끼 대접하는 것은 아무런 일도 아니었다. 고정으로 출연하는 방송이 있었으며, 한 달에 열 번쯤은 강의를 나갔다. 메일함은 온통 달콤한 제안으로 가득했다.

라디오 출연, 광고 모델, 해외 출장, 기고 제안, 옛날엔 이름만 들어도 떨리던 큰 출판사의 출간 제안까지. 당시에는 배가 불렀다. 자존심 상하는 일은 하지 않았다. 한 달을 일하면 다음 달은 일하지 않았다. 이런 달콤한 제안들이 평생 갈 줄 알았다.

그날 밥은 작가가 샀다. 내가 좋아하는 경복궁역의 짜이 가게였다. 그곳은 카레도 팔았다. 수익금 전액은 티베트를 위해 기부되는 곳이라 밥값이 꽤 비쌌다(직원들은 전부 자원봉사자인데!). 그는 나와 나의 친구, 그리고 그 몫의 밥과 짜이까지 결제했다.

자그마치 6만 원이 넘는 금액이지만, 그는 다다음 날

장기 출장을 간다며(작가의 이름을 감춘 채 먼 나라에서 가이드를 하는 일이었다) 제법 큰돈을 벌게 될 거라고 했다. 아주 감사한 마음으로 얻어먹었다. 예전처럼 멋지게 카드를 꺼낼 형편은 되지 않았다.

집으로 돌아와 작가가 건넨 신간을 읽다가 초입부터 웃어버리고 말았다. 내가 읽었던 그 첫 책. 그게 너무 잘 팔린 나머지 평생 인세로 먹고살 줄 알았단다. 많으면 10%의 인세. 책 한 권당 15,000원. 중박을 쳐봤자 4,000부. 우리는 스스로를 과신했다.

그에게서 묘한 동질감을 느꼈다. 몇 년간 그가 했던 얘기들이 떠올랐다. 오래된 독자들 덕분에 그나마 먹고산다는 이야기. 책을 수십 권씩 사주는 독자, 잔칫상 같은 밥을 차려주는 독자, 십시일반 돈을 모아 강의 자리를 만들어 주는 독자도 있었다.

그에게 가난은 작가 생활을 한 20년 가까이 부끄러움이었던 적이 없다. 늘 가난한 작가임이 당당했던 그.

그럼에도 여윳돈이 생기면 꾸준히 세상을 방랑한다. 책이 너무 안 팔려 재고가 쌓이면 전국을 떠돌며 자신의 책을 판다.

책을 잔뜩 싸매고 카페에 앉아 한참이나 독자를 기다리다 아무도 오지 않으면 터덜터덜 집으로 돌아간다. 돈이 떨어지면 한국으로 돌아와 SNS에 죽어가는 소리를 올린다. 그런 그의 곁엔 늘 그가 굶어 죽지 않길 바라는 독자들이 있다.

나는 20주간 꽁꽁 묶여있다가 드디어 한국을 벗어났다. 원고거리를 잔뜩 안고 왔다. 신간 집필, 내년에 투고할 동화, 고료가 낮은 기삿거리. 그것들을 버텨낼 다량의 인스턴트 커피와 여윳돈 30만 원.

발리에 오니 30만 원의 효과는 실로 대단했다. 여윳돈이 있다는 사실은 나를 실제로 여유롭게 만들었다. 덴파사르 공항에서 우붓까지 오는 1시간이 넘는 길을 버스가 아닌 택시를 타고 왔으며, 날이 조금만 더워져도 오토바이 택시를 탄다(그래봤자 천 원이지만).

오늘은 3천 원짜리 나시고랭 대신 세금이 17%나 붙어 결국엔 만 원이 넘는 가츠동을 먹었다. 에어컨이 시원하게 나오는 코워킹 센터의 일주일 입실 비용으로 5만 5천 원이나 줬다. 시원한 곳에서 글을 쓰니 마음도 한결 가볍다. 좋아하는 요가도 실컷 했다.

A 선생님을 향한 고마움이 마음에 넘친다. 내가 굶어 죽지 않길 바라는 단 한 명의 독자라도 있다는 사실. 그 사실이 게으름을 이기고 쓰게 만든다.

구질구질하면 좀 어떤가. 초라하면 좀 어떤가.

10년이 넘도록 이 지독한 길을 걷고 있다. 이토록 초라한 게 작가의 삶일지라도 내가 택한 삶이다. 그럼에도 부디, 매해 에어컨 빵빵한 곳에서 글을 쓸 수 있도록 이번 책은 잘 팔리기를!

시원한 웃음

"저희는 선생님이 너무 좋아요!"

토요일 오후 3시, 서울 외곽의 한 작은 도서관에서 진행한 20주간의 강의가 끝날 때쯤 한 수강생이 내게 말했다. 수업이 끝나고도 계속 수업을 맡아달라는 말도 덧붙였다.

나는 몇 달간 '자서전 만들기'라는 이름으로 진행한 인문학 강좌의 글쓰기 선생님이었다. 각각의 인생을 담은 에세이를 책으로 만드는 프로젝트. 벌써 7권이나 책을 썼지만, 여전히 '쓰기'에 관해 무언가를 가르친다는 건 어렵다. 매 수업 내가 아는 모든 것을 탈탈 털어

그게 날 만들었지

내어도, 어쩐지 모자랐다.

애석하게도 나보다 어린 사람은 거의 없었다. 스물 언저리 하나, 중반 하나, 동갑내기 둘을 제외하고는 왕성한 자녀가 있는 사람이 대부분으로 여든 살의 수강생도 있었다. 쓰는 것은 나이의 문제가 아니었다. 스물도, 여든도 여름부터 늦가을까지 꾸준히 삶을 적어 내렸다. 단 한 명도 포기하지 않았다.

수업에 늦는 일도 없었다. 오후 3시가 되면 한데 모여 가벼운 안부를 주고받고, (큰 도움은 되지 않을) 나의 수업을 듣고, 서로의 글을 읽었다. 다른 삶을 살아온 우리는 한 사람의 글을 읽으며 다 같이 울다가, 또 한참이나 시원하게 웃기도 했다.

강단 앞에서 우는 건 강사로서 실격이라 생각했지만, 때 묻지 않은 글의 진심은 자꾸 모두를 울렸다. 3시부터 6시, 작은 도서관 안은 타자기 소리와 눈물 소리, 웃음소리 같은 것들로 채워졌다.

매주 누군가는 내게 무엇을 챙겨줬다. 여든의 권영희 선생님은 요거트 한 박스를, 일흔의 이영의 선생님은 쑥떡 한 박스를 보냈다. 은퇴한 지 얼마 안 되는 이수영 선생님은 담금주와 직접 만든 반찬까지 보냈다. 권영희 선생님은 그 시절 가장 귀했던 게 요거트라고 하셨다.

수업이 끝나면, 나는 그 달큰한 요거트를 먹으며 예순과 일흔과 여든의 삶을 읽었다. 그토록 애달픈 삶과 그 삶을 이겨낼 만큼 강한 사람들이 이렇게까지 고요한 얼굴일 수 있는 것을 그들을 통해 알았다. 어떤 기억들은 수십 년이 지나도 지워지지 않고 진해지기만 한다는 것 역시 그들을 통해 알았다.

몇 번의 밤을 지새우고(아마 그들은 더 많은 날들을), 하나의 삶이 한 권의 책으로 나왔다. 책을 받으며 우는 이들도, 뿌듯함에 활짝 웃는 이들도 있었다. 한 학생이 소감을 말했다. 처음에는 웃는 모습을 볼 수 없어서, 나중에는 너무 쉽게 웃어서 마음에 걸리던 학생이었다. 나는 그녀의 글을 읽다 몇 번이나 운 적이 있다.

"나를 용서하고 싶고, 슬픔도 내려놓고 싶었어요. 글을 쓰며 다 해결되었어요. 이제 저를 사랑하게 된 것 같아요. 한마디만 더 할게요. 앞으로도 이 경험을 가지고 계속 글을 쓸게요."

그녀의 말에 우리는 서로를 함께 끌어안았다. 몸으로 끌어안기도, 서로의 글을 끌어안기도 했다. 하나의 책은 한 사람의 우주였다. 모두가 서로의 우주를 부둥켜안았다. 친구처럼, 엄마처럼, 아이처럼, 글이라는 공동체 속에서 서로를 아끼던 우리는 글 속에서나마 가면을 내려놓고 아픔을 훌훌 털어냈다.

"어떻게 하면 글을 잘 쓸 수 있나요?"라는 질문에 나의 유일한 대답은 하나다. 글은 언제나 진심으로 쓸 것. 마음의 실타래를 글로 풀어가다 보면 결국 자연스레 나를 바라보고 타인을 위로하게 된다. 타닥타닥 타자기 소리가 들리던, 목소리보다 울음소리가, 울음소리

보다는 웃음소리가 더 크던 토요일 오후 3시를 한참
이나 잊지 못할 것이다.

치나! 해브어굿데이

"치나?"

벼를 수확하던 농부들이 내게 말을 건다.

"노. 아임 꼬레아노!"
"오오, 꼬레아노. 헬로 꼬레아노!"

예전 같았으면 '치나', '차이나' 같은 말에 치를 떨었다. 내가 만만해 보이나 싶어 인상을 잔뜩 구기고 대답했다. 날을 세우던 시절이었고, 모든 게 인종차별로 느껴졌다. 잔뜩 날 서 있던 어린 날의 나는 제법 공격적인 여행자였다. 그래야지 당하지 않는다고 생각했다.

"이봐, 아시아인이 모두가 중국인은 아니라고. 그건 인종차별적 발언이야. 사과해."

이렇게 따지고 들면 대부분의 사람들은 머쓱한 표정을 지으며 사과했다. 사과를 받아도, 이건 분명 인종차별인 거라 생각하며 하루 종일 기분이 좋지 않았다. 경계심이 많은 건 안전한 여행을 만든다는 말에 동의했다. 어느 나라 사람인지도 모르면서 노란 머리 외국인에게는 "Hello!"를 외치던 나도 있었는데 말이다.

여행을 시작한 지 10년이 넘었다. 첫 세계여행 후 발간한 책의 프로필에 '사람을 좋아하는 초보 여행자'라고 적은 기억이 생생하다. 배낭여행을 한 기간만 족히 3년은 넘은 것 같지만, 아직 '고수' 여행자라고 말하기는 어렵다. 내가 본 그들은 인생이 여행이다. 기본이 10년이다. 여행이 지겹다고 말하면서도 절대로 떠나는 걸 멈출 생각이 없는 여행 중독자들.

난 이제 '중수' 여행자쯤 됐을까. 초보 여행자 시절만큼 여행이 설레지는 않지만, 그렇다고 아직 지겹지는 않은. 어깨를 움츠리고 다니던 초보 여행자 시절을 거쳐, 어떤 하루를 보내야 기분 좋게 하루를 마무리하는지 아는 여행자. 그곳의 랜드마크보다는 길 잃은 골목과 낯선 이와의 대화를 즐기게 된 여행자. 사기꾼들의 눈에 보이는 거짓말마저도 껄껄 웃어 넘기게 된다.

이런 여유 앞에서는 '치나' 소리마저도 정겹다.

'치나!'를 외치던 그들의 의도를 이제는 알 것 같다. 검은 머리 여행자에 대한 순수한 호기심이나, 지루한 농사일 속 작은 대화거리가 필요했던 것은 아닐까. 말을 건넨 이가 악의가 없다는 건, 그들의 순수한 눈망울과 해사한 미소를 보면 알 수 있다.

논밭을 지나 오토바이 택시에 오른다. 이곳의 가장 저렴한 운송 수단이다. 나는 매일 아침 첫 대화를 오토바이 위에서 시작한다. 요가원까지 가는 10분, 매일 다른 기사와 대화한다. 그들은 늘 세 가지 중에 하나를 말한다.

"치나?"
"꼬레아노?"
"웨어 아유 컴 프롬?"

나는 늘 힘차게 대답한다.
"꼬레아노!"

반응은 다양하다. 요즘 유행한다는 로제의 〈아파트〉를
열창하는 이, BTS를 좋아한다고 말하는 이, 신태용 감
독을 왜 모르냐는 이. 이곳에 왜 왔는지, 어떤 음식을
좋아하는지, 자신도 그 요가원에 가봤다든지 하는 소
박한 이야기들이 이어진다.

이곳이 좋다는 내 말에, 이곳에서 먹고살 방법(한국어
로 진행하는 요가 클래스를 열라고 했다)을 함께 고민해주
기도 한다. 대개의 경우 몇 가지의 한국어를 선보인다.
그럴 때면 나도 당신의 언어로 답한다. 그렇게 아침의

첫 스몰토크가 시작된다.

목이 메어 큰 소리가 나오지 않지만, 혹시라도 오토바이의 엔진 소리를 뚫고 내 말이 들리도록 큰 소리로 외친다. 그들도 또박또박. 나도 또박또박. 서로 영어가 모국어가 아닌 걸 알기에 알아듣기 쉬운 가장 명쾌한 발음으로. 기분 좋은 배려다.

아쉽지만 도착지에 이르면 작별 인사를 한다.

"Have a good day!"
"You, too! I'm so happy to meet you."

활짝 웃으며 손을 흔든다. 진정으로 당신의 하루 역시 즐거웠으면 좋겠다. 내 시작을 이토록 즐겁게 만들어 줬으니. 작은 대화는 하루를 바꾼다. 나의 인사가 그들의 하루를 밝히고, 그들의 미소는 내 하루를 가볍게 만든다. 이 모든 연결은 우리를 보다 나은 하루로 이끌어 줄 것이다.

모두의 아침이 즐거웠으면 하는 마음을 가지고 오늘도 힘차게 인사를 한다.

"슬라맛 빠기, 나마스떼, 싸와디 카, 헬로!"

"

나는 아니라고,

내 손끝에 묻은 사랑을 기억하고 있노라고.

나를 키운 것은 당신이 데려간 세상 속의 풍경들이라 말하고 싶지만,

도무지 입 밖으로 아무 말도 나오지 않는다.

당신 덕에 내 마음은 한 번도 가난한 적이 없었는데도.

나는 그저, 이제는 늙어버린 엄마의 손을 꼭 잡고,

저무는 해를 하염없이 바라본다.

"

Part 2

여전해서 고마운

가파도, 나의 춘자 이모

여행작가로 살아가며 쉼 없이 세상을 떠돌지만, 내게
도 집 같은 섬이 있다. 소란스러운 서울을 벗어나 숨
쉬는 곳. 제주 공항에서 151번 버스를 타고 종착지에
내려 10분간 배를 타면 도착하는 가파도. 섬 한 바퀴
를 산책해도 지치지 않을 만큼 작은 곳이다. 나는 마
음이 다치거나, 먼지가 묻는 날에는 꼭 이 작은 섬에
짐을 풀고 삶을 버텨갔다.

이곳엔 호텔도, 게스트하우스도 없어 나는 하릴없이
민박집을 찾아 헤매곤 했다. 낚시가 좋아 포항에서 내
려온 삼촌이 운영하는 곳, 종종 오는 젊은 여행자들의
시선에 맞춰 새로 리모델링한 깨끗한 숙소, 마을에서

제일 유명한 식당 뒤의 집. 이 많은 민박 중에서 내가 매번 찾게 되는 곳은 '춘자네'다. 선착장 앞의 '춘자네 식당'에서 운영하는 민박집.

단순한 이유였다. 우연히 들어간 항 근처의 '춘자네 식당'에서 칼국수를 먹게 된 적이 있었다. 직접 담근 김치가 곁들여 나왔다.

며칠 전 갓 담근 것 같은 겉절이와 묵은지였다. 혼자 온 여행자에게 무려 두 가지의 김치를 내어 주다니. 혼자 게 눈 감추듯 칼국수를 해치우는데 맞은편 테이블의 남자 둘도 막걸리에 김치를 안주 삼아 먹으며 말했다.

"캬, 이 집 김치 죽인다."

이 집 김치를 먹기 위해서라도 다시 와야겠다는 마음으로 가게 문을 나서는 순간, 문 옆에 붙은 민박 표시 (가격도 무척 저렴했다)와 벽에 걸린 시를 보았다. 식당

주인으로 추정되는 춘자 이모와 관련된 내용으로 손님이 남기고 간 시였다.

누군가에게 시를 받는 사람. 춘자 이모가 더 궁금해졌다. 여기서 머물지 않으면 안 될 것 같았다.

> 갚아도 그만 말아도 그만인
> 마라도에서 태어나
> 서 말 서 되의 모진 생을 이고
>
> 바다학교에 눈물로 입학해
> 문어 소라 전복을 교과서 삼아
> 숨죽이며 배운 人生本文
> 사랑과 인내였다는 해국, 춘자씨
> -가파도 해국 중에서

몇 달을 눈여겨보다 드디어 춘자네에 머물게 되었다. 춘자 이모네 숙박 시설은 사실 가파도에서 가장 초라하다. 바깥으로 나와 있는 화장실은 쓸데없이 문이 열려 사람을 놀라게 하고, 겨울바람을 견디지 못하는 얄팍한 창문이 두렵다.

낡아 빠진 이 집이 기운만큼은 어쩐지 온온한데, 춘자 이모가 스쳐 갔다는 사실만으로 그렇게 느껴질 수도 있다. 그는 이곳 마당에 쌓인 술병을 치우고, 때때로 김치나 물을 놓고 가곤 했다.

일흔여섯 춘자 이모는 큰 매력의 소유자였다. 누구든 가파도에 오면 춘자 이모를 찾았다. 다정하지도, 곰살궂지도 않은 사람인데 사람을 편하게 하는 재주가 있었다. 이방인이 오면 어디서 왔는지, 무엇을 하는지 아무것도 묻지 않았다. 자신을 향한 시를 쓴 여행자도 누군지 기억하지 못하는 그 무심함이 좋았다.

그가 유일하게 애타게 누군가를 찾는 건 밤이 되면 별다른 식당이 없는 가파도에서 누군가 끼니를 먹으러 오지 않았을 때뿐이다. 그의 걱정이라고는 여행자들의 밥 걱정뿐이었다.

나 역시 매번 춘자 이모네 민박에 짐을 풀고, 저녁뿐만 아니라 매 끼니도 춘자네에서 해결했는데, 그건 그에게 한 번 더 말을 걸기 위함이었다. 일흔여섯 노인은 내 장난에 허투루 대꾸하는 법이 없었다.

"춘자 이모" 하고 부르면 대답하지 않다가도, "예쁜 이모" 하고 부르면 대답하는 춘자 이모. 스무 살처럼 보인다는 뻔한 아부에 까르르 웃어버리는 섬 소녀. 여느 할머니와 다름없이 머무는 이들의 끼니를 가장 걱정하는 사람. 김치를 좋아한다는 말에 여러 종류의 김치를 죄다 꺼내놓는 사람. 바다에서 놀고 있는 나를 향해 밥 먹으라 호통치는 유일한 사람. 야밤에 배곯는 나를 보고는 낮에 잡아둔 뿔소라를 건지러 바다로 향하는 사람. 나의 부름에 "무사('왜 불러'라는 제주도 방언)"라며 눈을 흘기지만, 잡은 손을 놓지 않는 사람. 그녀의 손처럼 거칠고 다정한 사랑.

변변한 고향이 없는 내게, 일흔여섯의 노인은 쉼 없이 곁을 내준다. 잘 차려진 그녀의 밥을 먹을 때도 혹은

여전해서 고마운

끼니를 걸러서 춘자 이모의 구박을 받을 때도 작은 섬
은 순식간에 내 고향이 된다. 외로워서 내 편인 섬.

그녀가 고아 온 저녁 밥상 속 우럭미역국에는, 모든
뼈가 발라져 있다.

어린 날 내 손끝에 남은

곰곰이 생각해 보면 엄마는 주말마다 어린 나의 손을 잡고 종종 어디론가 향했다. 혼자 삶을 헤쳐 나가기도 바쁜 그녀에게 여행이 어떻게 기억되어 있는지는 모르겠다. 어린 딸을 위한 의무감이었을까, 혹은 그녀도 시간을 내어 떠나는 낯선 여행지를 좋아했을까.

아주 흐릿한 기억으로 남은 그곳들은 때로는 향으로, 때로는 소리로 어렴풋이 남아있다. 자갈치 시장의 비릿한 냄새, 바람이 불어다 주는 풍경 소리와 오래된 돌의 까칠한 촉감이 손끝에 머물러 있다.

일곱 살의 나는 엄마의 굵은 엄지손가락 하나를 잡고

여전해서 고마운

부지런히 뒤를 쫓았다. 유난히 키가 작았던 내게 엄마의 뒷모습과 하늘은 너무나 커 보였다. 집으로 돌아가는 차 안에서는 나는 괜히 아쉬워서 자꾸만 뒤를 훔쳐봤다.

형편이 어려워지고부터 엄마와 나는 여행을 줄이기 시작했다. 그래도 여행을 놓지는 않았다. 엄마는 수중에 몇만 원이 생기면 전단지에 보이는, 19,000원에 점심도 포함되는(중간에 건강식품 따위를 판매하는 곳을 들르는) 당일 패키지여행을 신청했다.

고속버스에는 30명이 넘는 사람들이 탔는데 우리 둘은 버스 안에서 가장 젊은 둘이었다. 그마저도 어려우면 우리는 덕수궁 돌담길을 걸었다. 공짜 미술관에서 한참이나 시간을 보내곤 했다. 이렇듯, 엄마는 아무리 바쁘거나 가난해도 내게 여행을 알려주는 사람이었다. 엄마는, 내가 사랑과 낭만을 잊지 않고 무럭무럭 자랄 수 있는 가장 큰 이유였다.

그러나 나는 어떤 딸인지 잘 모르겠다. 명색이 여행작가인데 나는 어른이 되고선 엄마를 이끌고 여행한 적이 한 번도 없다. 정작 우리를 한데 모은 건 나와 열두 살 차이가 나는 큰오빠였다. 낚시가 취미인 그는 엄마와 나를 데리고 전국을 쏘다녔다. 그가 조용히 낚시를 하며 자신만의 시간을 가질 때면 엄마와 나는 산책을 하고, 밤에는 당신이 잡은 생선으로 회를 떠 먹었다. 그것이 우리의 단순한 여행이었다.

우리 셋이 여행할 때 주 발화자는 엄마였는데, 오빠와 나는 집에서 워낙 무뚝뚝한 편이기 때문이었다. 반면 엄마는 모두가 인정하는 수다쟁이다. 온종일 종알종알 떠들고도, 할 말이 많은 그녀는 지나가는 모든 것에 관심을 가진다. 한마디로 오지랖이 넓다. 엄마와 함께 여행하거나, 엄마와 지낼 때면, 이야기를 듣느라 지칠 각오를 단단히 해야 한다. 그녀에게서 묘한 피로감과 기특함을 동시에 느낀다.

'기특함'이라는 단어를 예순이 넘는 이에게 써도 되나

고 누가 묻는다면, 나는 지금 당장 우리 엄마와 이야기를 나누어 보라고 말하고 싶다. 그녀는 예순인지 여섯인지 못 알아챌 만큼 여리고 맑은 영혼을 가지고 있다고. 나는 그런 그녀와 그녀를 지켜주는 든든한 그를 가파도로 초대했다. 한 푼도 들고 오지 말라고 선전포고 한 채로.

분명 이곳 가파도는 그와 그녀를 만족시킬 수 있을 것이다. 그가 좋아하는 낚시터가 지천이고 그녀가 좋아하는 꽃들이 천지에 피어있으니 말이다.

첫 비행

마흔둘의 큰오빠와 서른의 나. 우리는 한참을 떨어져 살았다. 내가 일곱 살이던 순간부터 20대 중반까지 약 20년가량 우리는 만나지 못했고 나는 그 오랜 시간 사이에서 그의 얼굴을 잊고 살았다. 그래서 늘 우리의 사이에는 긴 어색함과 그리움이 공존해 있다.

나는 다시 만난 순간부터 지금까지, 긴 공백을 무릅쓰고 그에게 사랑한다는 말을 자주 건넸다. 그를 향한 감정은 사랑이 아니면 설명이 되지 않았기 때문이다.

내가 기억하는 어린 시절의 나는 그의 손을 잡고 동네 이곳저곳을 쏘다녔다. 공원을 지나 만화방으로 가는 길고 짧은 길, 차도 옆에는 늘 그가 있었다. 작은 키 덕에 시야는 낮았지만, 나의 손은 모든 사랑을 기억하고 있었다.

나는 우리가 몰랐던 시간의 공백을 애써 그에게 묻지 않았다. 그가 내게 그러한 것처럼. 어떤 시간들은 고스란히 축적되어서 그 사람의 태에 삶이 묻어난다. 그가 그랬다. 내가 그러한 것처럼.

제주로 향하는 비행기 안, 무뚝뚝한 그의 표정이 유난히 들떠 있는 게 느껴진다. 내 어깨 너머로 시선이 자꾸만 향한다. 태어나서 처음 타는 비행기라고 한다.

창가를 좋아하는 나는 비행기의 창문을 내어 준다. 가파도로 향하는 배의 창문도 기꺼이 내어놓았다. 그의 눈은 파도를 따라 작은 섬으로 향한다. 그의 세상 안에 없던 미지의 섬. 이제는 내가 그의 커다란 손을 잡고 세상을 보여줄 시간이 왔다.

예순넷 소녀

가파도에서 100m 달리기 대회가 열렸다면, 엄마는 분명 꼴찌임에 분명했다. 걸음걸음이 어찌나 무거운지, 길마다 생긴 소품 가게들이 미울 지경이었다. 그녀는 한 손에 내가 사준 가방과 옷을, 다른 한 손에는 오빠가 사준 스카프를 꽉 끌어안고 행복한 표정으로 거리를 배회한다. 마을 어귀의 예쁜 마당을 가진 집을 볼 때마다 멈춰 선다.

"와아, 나도 이런 집에 꼭 살고 싶었는데."

그녀는 미리 약속을 잡은 집주인을 기다리기라도 하듯 한참 동안이나 집을 바라보며 이곳에 사는 이들의

여전해서 고마운

삶을 그려본다. 나는 종종 아는 집이 나오면 설명을 해주는데, 그녀의 눈망울엔 부러움이 한가득이다. 그녀는 내게 묻는다.

"버찌야, 엄마는 이런 집 언제 사줄 거야?"

또 한참을 걷다 섬에 유일하게 하나 있는 초등학교를 본다. 이미 눈망울엔 질문이 가득이다. 나는 미리 선수를 친다.

"응, 엄마. 여기는 매년 한 명만 졸업한대. 저기 오늘 본 사진관 예쁜 작가님, 종종 애들 수업도 해주더라. 이 섬에서는 다들 도우면서 살아. 여기 초등학교에서 제일 큰 애는 나보다 큰데, 인사성이 밝아."

그녀는 그제서야 만족한 듯 걸음을 옮긴다. 상동에서 하동까지 관통하는 지름길은 내 잰걸음으로는 삼십 분도 안 걸리는데, 그녀와 함께 걸으며 돌도 만지고, 꽃도 보고, 바람 냄새도 맡으니 벌써 해가 질 무렵이다. 상동에 걸리는 노을을 보며 그녀는 또 소녀처럼 탄성을 지른다.

"와아~"
"난 여기 살면서, 이 풍경 매일 본다. 부럽지? 엄마는 다음 생애엔 나로 태어날 거야?"

농담 어린 내 말에 나이 든 소녀는 한참이나 노을을 바라보다가, 종알종알하던 입을 꼭 다물고 노을로부터 시선을 거둔다.

예순넷 소녀는 순식간에 노인이 된다. 엄마는 종종 내게 이런 표정을 짓는다. 어른의 표정. 안쓰러움과 사랑과 죄책감이 엉킨 표정.

나는 그 표정이 버거워 고개를 돌린다. 엄마는 너무 어린 나이부터 내게 생계를 책임지게 한 것에 대한, 자신에 대한 노여움을 꼭 안고 사는 사람이다.

"내가, 널 그렇게 가슴 아프게 했는데, 그러면 안 되지."

나는 아니라고, 내 손끝에 묻은 사랑을 기억하고 있노라고. 나를 키운 것은 당신이 데려간 세상 속의 풍경들이라 말하고 싶지만, 도무지 입 밖으로 아무 말도 나오지 않는다. 당신 덕에 내 마음은 한 번도 가난한 적이 없었는데도. 나는 그저, 이제는 늙어버린 엄마의 손을 꼭 잡고, 저무는 해를 하염없이 바라본다.

시든 꽃도 살리는

가파도 하동에는 무인카페가 있다. 마지막 배와 함께 모든 곳이 닫아버리는 가파도에서 이곳은 반강제적으로 내가 즐겨 찾는 곳이기도 하다. 워낙 사람이 오지 않는 곳이라, 지갑을 두고 왔는데, 다음 날 들렀을 때 지갑이 그대로 있던 적도 있다.

무인카페지만 종종 카페의 안위를 위해 주인으로 보이는 할머니가 아주 가끔씩 들르는데, 볼 때마다 나를 못 알아보신다. 그래서 대체 이 섬에는 왜 있는지, 며칠 머무는 건지 매번 같은 질문을 한다. 그리고 바람처럼 사라지는데, 마지막 멘트는 꼭 하다. 이곳에 관한 글을 쓸 거면 고양이에 관해서 쓰라고(애석하게도 나는 동물에게 관심 없지만). 하여간, 이 섬사람들의 고양이 사랑은 엄청나다.

없는 손님만큼이나 카페는 손길이 많이 닿지 않았다. 몇 달째 업데이트되지 않는 서가의 책들이 외로워 보여 나는 종종 육지에서 다 읽은 책을 그곳에 두고 온다. 엄마 역시 신경이 쓰였나 보다. 커피를 마시던 그녀는 이미 말라버린 식물이 심어진 화분에 시선을 멈춘다. 빈 컵을 깨끗이 씻어, 물을 채워온 그녀는 식물을 쓰다듬으며 말한다.

"자라야지, 예쁘게 자라야지. 쑥쑥 크자. 어여쁘게."

나는 키우는 모든 식물을 말라붙게 하는 사람이지만 신기하게도 엄마가 나의 집에 왔다 가면 모든 식물이 다시 살아난다. 그래서인지 어린 시절부터 우리 집은 늘 작은 나무와 꽃이 가득했다.

가짜라고 밝혀진 지 오래지만, 엄마는 식물에게 좋은

말을 해주면 더 잘 큰다는 말을 아직까지 믿고 있다. 그래서 답이 없는 그들을 붙잡고 계속해서 예쁜 말을 건넨다. 나는 어쩌면, 가짜라고 발표된 그 사실이 가짜일지도 모른다는 생각을 했다. 정말로, 엄마의 예쁜 말을 들은 식물들은 쉽게 생기를 찾았으니까.

외로운 무인 카페의 죽어가던 식물들이 생명을 되찾았는지, 혹은 이미 바스러져 버려졌는지 나는 모르겠다. 다만 짧은 생, 한순간이라도 사랑을 듬뿍 받아봤으니 참 다행이라는 생각이 들었다.

무화과를 닮은 사랑

낮잠을 자다 일어나니 주변이 번잡스럽다. 멀리서 엄마의 목소리가 들린다. 알아들을 수 없는 제주의 방언도 함께. 또 시작인가 보다. 매번 이런 식이다. 온 동네 사람과 친구가 되는 일. 엄마 덕에 요즘처럼 개인주의가 만무한 시대에 나는 윗집, 옆집과 왕래하는 (가끔은 같은 건물에 사는 이웃들과 밤새 술을 마시고 다음 날 국밥까지 같이 먹으러 가는) 사람으로 지낸다. 매번 말문을 먼저 트는 엄마 덕이다. 옷이 예쁘다든가, 주름이 곱다든가 별의별 이유로 말을 건다.

이번엔 또 누군가. 숙소 뒷집 할머니인가 보다. 모슬포에서 파마를 한 지 얼마 안 되어 보이는, 그래서 뽀글

거리는 머리가 인상적인 할머니가 엄마와 함께 무화
과를 따고 있다.

"잡수께."

한 바가지 가득 담은 무화과를 두고 할머니는 미련도
없이 떠난다. 엄마는 민박에 머무는 손님 모두를 불러
깨끗이 씻은 무화과를 먹인다. 잘 익은 무화과가 참
달다. 자연스럽게 사람들이 모였다. 마당에는 또다시
그녀가 부른 사랑이 피어난다.

밤낚시

오빠와 여행을 갈 때면, 일정은 늘 정해져 있다. 오빠가 낚시를 하는 동안 나와 엄마는 산책을 한다. 해 질 무렵이 되어서 숙소로 돌아오면 오빠는 회를 떠 놓고 우리를 기다린다. 오빠는 우리 집의 강태공인데, 이미 취미 수준을 벗어난 지 오래라 갈치부터 장어까지 우리 집 냉동고는 오빠가 잡아 온 생선으로 가득하다.

내 입에 갓 잡은 회가 들어가는 모습을 보면, 오빠는 경상도 사나이 특유의 멋쩍은 말투를 뽐냈다.

"잘 묵네. 마이 무라."

오빠의 짧은 말은 진심 어린 다정함과 뒤섞여 독특한 분위기를 자아냈는데, 나는 그 모습이 자꾸만 보고 싶어서 억지로 회를 입에 밀어 넣곤 했다. 그 덕에 오빠는 내가 20대 초, 노로바이러스에 걸려 입원한 적이 있어 날것을 꺼린다는 사실을 잘 몰랐을 것이다.

가파도에 머무는 내내 오빠의 표정이 눈에 띄게 어두웠다. 낚시꾼이 유난히 많은 이 섬에서 생선을 한 번도 잡지 못한 탓일 거다. 매번 시무룩한 표정으로 숙소로 들어왔다. 도구를 제대로 챙겨오지 않은 탓이라고 했다. 나는 오빠의 기분이 상할까, 나중에 다시 오자며 너스레를 떨었다. 아무래도, 매번 멋진 모습만 보여주려다 자존심이 상했으려나. 나는 나의 식대로 해석하며 오빠를 달랬다.

늦은 밤, 민박집 사장님과 함께 나간 그제야 함박웃음을 지으며 돌아왔다. 무늬오징어 한 마리를 들고서. 자신은 잡지 못했지만 사장님이 잡아 왔다고, 맛있게 먹자고. 오빠는 낚시에 실패해 침울한 것이 아니었다. 그

여전해서 고마운

저 긴 공백 기간 동안 먹이지 못한 것들이 눈에 밟혔을 뿐이라고, 어린 동생은 뒤늦게야 알아챘다.

가파도의 뒷모습

나는 걸음이 느린 편이다. 누군가와 걸을 때면, 누구든 나보다 앞서나가서 나는 그들의 뒷모습을 항상 지켜보게 된다. 뒷모습을 바라볼 때면 그 사람에 관한 생각으로만 가득 찬다. 걸음걸이와 몸짓, 머리칼과 옷차림, 돌아보는 미소 같은 것들.

2인용 자전거를 빌렸다. 엄마와 오빠의 뒷모습을 보기 위해 걸을 때의 나처럼 아주 천천히 발을 굴렀다. 긴 치마를 꼭 싸매고 오빠의 허리춤을 안고 달리는 엄마의 모습. 바람결에 나부끼는 엄마의 머리칼. 벌써부터 듬성듬성한 오빠의 머리. 오르막에서 도드라지는 오빠의 종아리 근육. 웃음소리. 나란히 걸을 때는 보이지

여전해서 고마운

않았던 모습들. 꽃이 활짝 핀 거리를 함께 걸으며 나는 한 가지의 생각만 들었다.

이렇게 꽃과 노을을 좋아하는 사람인데. 왜 이제야 불렀을까. 이렇게 가깝고 쉬운 곳에 그녀의 꽃과 노을이 있는데.

계절마다 이곳에 다른 꽃들이 핀다는 걸 넌지시 알려주자.

그녀는 만개한 꽃 같은 웃음을 보인다. 그녀의 미소에 어깨 위의 모든 짐들이 바람처럼 날아갔다.

행복은 이미 가까운 곳에.

몇몇 단어

가족들을 보내고 얼마 후, 글쓰기 수업을 듣는 한 학생이 내게 메시지를 보냈다.

> 작가님, 작가님 덕에 가파도를 가보려고 검색했는데,
> 이거 혹시 작가님 오빠분 블로그 아니에요? 가파도에
> 머물면서 글 쓰시는 분은 작가님밖에 없을 것 같은데.

깜짝 놀랄 만한 소식이었다. 숫기 없기로 둘째가라면 서러운 오빠가 자신의 일상을 공유하는 블로그를 하는지 꿈에도 몰랐다(심지어 파워블로거였다!). 살펴보니 낚시에 관한 블로그다. 오빠답게 딱딱한 문체로 쓰인 글이 인상 깊다. 낚시에 관한 글들을 읽다 '여동생과

가파도'라는 단어에 멈춘다. 얼굴을 가린 사진이지만 분명 내가 찍어준 사진이다. 짧은 글 속에서 나는 오빠의 마음이 담긴 단어를 골라낸다.

"여동생"

"아담한 민박"

"유쾌하고 친절한 사장님"

"꿈같은 장소"

꿈같은 장소. 나는 오빠가 적어 내린 단어들을 괜히 한 번 더 곱씹어 본다.

건빵

안동의 어느 외진 편의점 앞에 아흔 정도로 보이는 한 할머니가 앉아계셨다. 친구와 내가 편의점에 한참 머물다 나왔는데도 불구하고, 할머니는 계속 그 자리였다.

이런 일은 절대 못 지나치는 오지랖 넓은 나의 친구는 재빨리 할머니께 다가갔다. 할머니는 한 시간에 한 대 올까 말까 하는 버스를 기다리는 중이라 하셨다.

어려운 것도 아니라, 댁까지 모셔드리겠다 하니 연신 고맙다 말씀하시며 우리의 손을 꼭 부여잡고 차에 올라탔다.

나는 뒷자리에 앉아 할머니를 지켜봤다. 품속에 있던 작은 보자기에서 천 원을 꺼내더니, 곧 한 장 더, 괜찮다는 내 말에 두 장을 더 꺼내 총 4천 원을 손에 꺼냈다. 할머니의 보자기엔 2천 원 정도가 더 남아있었다.

오늘 병원을 세 군데나 다녀왔던 할머니는, 걷는 것조차 힘들어 요즘은 자꾸만 걷다가도 앉게 된다며 말을 이어갔다.

"고마워요. 복 받을 거예요. 행복할 거예요. 평생 이 마음들을 돌려받으며 살게 될 거예요."

할머니의 집은 도무지 혼자서 올 거리가 아닐 만큼, 외지고 어두운 동네였다. 마당엔 줄을 묶어놓은 강아지와 닭들이 있었다.

대문 앞에서 할머니는 계속 우리를 보내지 않았다. 돈을 받지 않으면 자신의 마음이 불편해서 도무지 안 된다며 내 손에 꼬깃꼬깃한 지폐를 구겨 넣었다.

한참을 실랑이하다 돈 대신 물 한 잔만 달라 너스레를
떨자, 걷기도 힘들다는 할머니는 당신이 할 수 있는
걸음 중 가장 빠른 걸음으로 방에 들어가더니 회색 신
문지에 싸인 무언가를 꺼내왔다.

신문지 속에는 건빵 몇 알과 누룽지 사탕, 커피 맛 사
탕이 있었다. 아마 어딘가를 다니면서 하나둘 소중히
모은 사탕일 것이다. 어린 시절, 보물 상자에 모은 군
것질들을 나도 소중한 친구에게 하나씩 선물했던 기
억이 불현듯 떠올랐다.

한참이나 어린 우리에게 존댓말을 쓰는 아흔의 할머
니, 신문지에 싸여 아직 눅눅해지지 않은 건빵, 누룽지
맛 사탕, 물 대신 꺼내 온 식혜의 달콤한 맛, 낯설고 어
두운 시골길….

언젠가 냉랭한 서울을 마주할 때, 분명 이 기억을 꺼

낼 것이다.

눅눅해지지 않은 건빵, 다정함의 힘을.

"

단 한 문장으로는 절대

정의 내릴 수 없을 것 같은 그 어려운 사랑을,

나의 방식으로 꾸준히 알아가고 있다.

진정한 '사랑'은 여전히 모른다.

여전히 두려운 마음으로 한 발을 내뺀 채

겁쟁이의 사랑을 할지도 모른다.

그럼에도 여전히 '사랑'은 내 인생의 가장 큰 화두이며,

영원히 앓고 싶은 것,

꾸준히 기록해갈 나의 오래된 숙제다.

"

Part 3

도착지는 어른이 아니라 그저 나

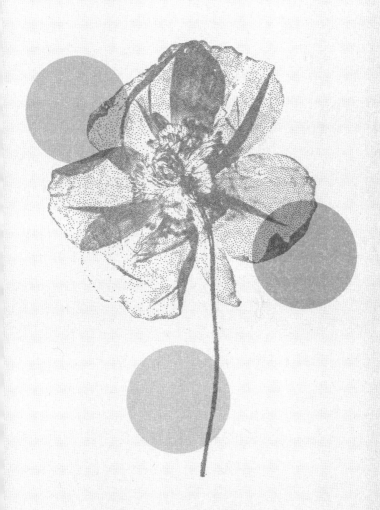

뒷모습

사랑은 간절한 바람, 아무것도 먹을 수 없는 상태, 어떠
한 열병과도 같은 것, 끊임없는 성적 판타지, 그리고 무
엇보다 사랑하는 사람이 유일무이하게 타당하고 소중
한 존재라는 인식에서 비롯된 느낌을 뜻했다.
─알랭 드 보통의 《사랑의 기초》 중에서

이별했다. 30대를 맞이하고 겪은 첫 이별이다. 20대부
터 지금까지 자그마치 함께 십수 계절을 함께 보내고
난 후였다. 추운 겨울날이면 그와 함께 따뜻한 곳에
머물렀기에, 혼자 보내는 겨울은 정말 오랜만이다. 쓰
고 있던 원고를 마무리한 후에는 혼자라도 떠나야겠
다는 생각이 든다.

도착지는 어른이 아니라 그저 나

이별엔 언제나 눈물이 뒤따랐으나 신기하게도 이번엔 눈물도 나오지 않는다. 슬프지 않다는 게 아니다. 뜨겁게 사랑했던 마음에 비해서 이별은 시시하고 초라했다.

사랑이란 마음이 끝나고도 억지로 관계를 붙잡고 있던 탓일까. 이별을 앞두고 있던 과정 속에서 너무 많이 울었던 탓일까. 아니면 더 이상 나올 눈물이 없어서 그럴지도 모른다. 뜨겁게 사랑했던 20대의 우리를 떠올리다, 다시 생각한다.

역시 불완전한 사랑보다 확실한 이별이 차라리 낫다.

30대에 접어들며 관계에 능숙해져 버린 걸까. 혹은 남들의 말처럼 사랑에 최선을 다해서 미련이 없는 걸까. 이토록 누군가를 사랑해본 적이 없었음에도, 이별은 쉽게 납득됐다.

제주도 바닷가 앞의 어느 바에서 만난 그는 나와는 정

반대의 지표에 있는 사람이었다. 그것은 내가 그에게 빠지게 된 계기가 되기도 했다. 내일보다는 오늘을, 자유로운 삶을 살아가는 나와는 달랐다. 미래를 위해 현재의 행복을 뒤로 미루는 사람. 착실하게 그래서 후회 없는 하루를 살아가는 사람.

단단하고 조금은 꼿꼿하던 그의 모습을 보며 난생처음으로 누군가에게 기대고 싶어졌다. 늘 혼자 씩씩하게 살아나야 했던 내가 처음으로 의지해본 존재, 그였다.

반면 그는 나의 낭만에 반했다고 했다. 나와 함께 있으면 자신의 삶 역시 즐거울 것 같다고 말했다. 생전 그런 고백은 처음 들었고, 우리는 순식간에 연인이 되었다.

그는 달리기를 멈추고 나와 함께 세상을 걸었다. 그의 말대로 우리는 즐거웠다. 풍요로운 마음들로 가득 찬 세상 속에서 함께 손을 잡고 세상을 누볐다. 함께하는

도착지는 어른이 아니라 그저 나

세상은 참으로 신비로웠다.

누군가 함께하는 것만으로도 모든 게 다르게 느껴졌다. 그럼에도 우리는 너무 다른 사람이었다. 때때로 다투었고, 어떤 것들은 길고 긴 대화 끝에도 결국 서로를 이해하지 못했다. 그는 나를 위해 많은 것을 포기했다. 둘이 함께이기 위해서 예전과 같을 수는 없기때문이었다.

나 역시 많은 것을 포기했다. 그중엔 우정도 있었고일도 있었고 취향 같은 것도 있었다. 그가 이해하지못하는, 그러나 내가 좋아하던 것들 중 일부는 그를만나는 동안 머리에서 지워버렸다.

그 시절, 내게 사랑의 정의는 누군가를 위해 무언가를포기하는 거였다.

더 이상 서로에게서 새로운 모습을 발견하지 못할 때쯤, 그와 노는 것보다 친구들과 노는 것이 조금 더 재

있을 때쯤, 혼자 여행을 가도 그가 그리워지지 않을 때쯤, 우리가 함께할 새로운 것이 없어졌을 때쯤, 나역시 이별을 직감하고 있었는지도 모른다.

그럼에도 여전히 그는 좋은 사람이었다. 나의 고민을 들어주는, 말하지 않아도 모든 것을 알아채는, 사랑 같은 우정. 그것 또한 사랑의 어느 형태였을지도 모르겠지만.

우리는 천천히 멀어졌다. 그가 먼저였고, 내가 나중이었다. 마음이 떠난 걸 알면서도, 여전히 서로가 없는 삶을 두려워했다. 이별하기 반년 전부터는 우는 날이 유난히 많아졌다. 예전처럼 그에게 기대서 울지 않았다.

그의 말투와 표정과 행동에서 사랑을 찾으려고 노력했다. 그가 조금이라도 크게 웃는 날에는 안심했다. 그러나 아무리 찾아내려 해도, 사랑은 어느 곳에도 고여있지 않았다. 그게 슬퍼서 자주 울었다. 결국 영원한 건 없는 것 같아서.

도착지는 어른이 아니라 그저 나

그럼에도 우리는 이별을 고하지 않았다. 싸우지도, 미워하지도 않았다. 서로의 삶을 더 이상 포기하지 않았다. 애써 사랑한다고 말했다. 애써 하루하루를 궁금해했다.

더 이상 날 선 말에 상처받지 않을 때, 싫어하던 행동에 화나지 않을 때, 기쁜 소식에 축하하는 마음이 들지 않을 때, 그렇게 모든 마음이 고갈될 때까지 서서히 멀어져갔다. 우리는 겁쟁이였다.

우리의 이별은 약간의 눈물과 약간의 웃음, 대부분의 인정으로 끝났다.

너도 그랬구나. 나도 그랬는데. 우리는 서로를 사랑하지 않아도 너무 좋아해서, 그래서 손을 놓지 못했구나. 너의 마음과 나의 마음이 같았구나. 다른 곳을 보고 달렸구나. 그럼에도 네가 행복하길 바라. 더 큰 사랑을 하길 바라. 잘 지내. 너도 잘 지내. 고마워. 정말 고마워….

오랜 기간 함께했던 이와 멀어진다고 해서 내 일상은 달라지지 않았다. 매일 시장에서 사 온 신선한 채소로 아침을 만들어 먹었다(어린 날 이별을 겪었을 때는 몇 날 며칠 아무것도 먹지 못해 친구들이 밥을 해주러 오기도 했는데 말이다). 오후에는 좋아하는 동네 카페에서 일했다. 저녁 요가는 빼먹지 않고 나갔고, 밤에는 보고 싶던 드라마를 몰아 보거나 동네 친구들과 맥주 한잔을 했다.

비슷한 시간에 잠들었고, 비슷한 시간에 일어났다. 그가 없는 모든 일상은 순조로웠다. 어떤 사랑은 이별해야 더 아프지 않다는 것을 나는 서른이 넘어 깨달았다.

우린 언제쯤 헤어졌던 걸까.

어쩌면 아주 오래전, 길을 걷던 네 발걸음이 나보다 훨씬 앞서 나갔던 순간, 더 이상 발걸음을 맞춰주지 않던 네 뒷모습을 보았을 때. 아마 우리는 그때 이별했을지도 모른다.

매일 밤 편지를 씁니다

어린 날의 나를 떠올리면, 분명 마음속에 머무는 말들을 다 뱉는 아이였다. 수다쟁이라는 단어도 모자랄 만큼 머릿속의 시끄러운 생각들을 다 뱉어야만 직성이 풀렸다. 엄마는 그 시절 내게 물에 빠져도 입만 둥둥 떠다닐 거라며, 제법 사랑스러운 눈으로 나를 놀리곤 했다.

조금 더 커서는 목 끝에 걸려있는 말들이 잘 나오지 않았다. 계산하지 않은 말들이 타인에게 갈퀴가 될까 무서웠다. 쓰는 일이 직업이라서, 가벼워 보이기 싫어서이기도 혹은 나이가 들어감에 따라 모두가 겪어가는 현상일 수도 있겠다.

타인을 향한 사랑이 매일 해야 하는 숙제처럼 남아있는 내게, 모든 말을 하지 못하는 것은 제법 괴로운 일이었다. 머금고 있는 고민과 상대에 대한 미움 같은 것들이 결국 마음 구석에 남아 사랑의 빛깔을 탁하게 만들었다. 그러다 문득 떠올렸던 게 편지였다.

처음엔, 이별한 연인이었다. 당시엔 도무지 말할 용기가 없던 고맙다는 말을 나는 연인이 생각나는 새벽마다 그를 향한 이메일을 써 내렸다. 수신인이 없는 채로. 맥주 한 캔의 힘을 빌려, 흰 바탕에 글을 적어 내리다 보면 우리가 머물렀던 순간들이 어느 순간 화면 가득 채워져 있었다. 어느 날은 울며 미안하다고 적어 내리기도, 어느 날은 나를 왜 떠났냐고 책망하기도 했다.

꼭꼭 숨겨둔 마음속의 응어리들이 부지런히 떠나갔다. 이물질 같던 감정들이 사그라드니 비로소 원래의 삶이 선명하게 드러났다.

그다음 번엔 친구였다. 영화를 찍는 애였다. 우리는 약속했다. 1년 정도 매주 한 번씩은 편지를 쓰며 서로를 알아가자고. 8년이나 친구였던 우리였지만, 워낙 무뚝뚝한 그 애랑, 가끔 내뱉는 말이 대부분 장난인 내가 서로를 속속들이 잘 알고 있다고 말하기엔 어려웠다.

그도 그럴 게, 그 애가 태국의 어느 무더운 여름, 내게 보여준 첫 글의 제목이 '나는 친구가 없다'였으니 말이다. 나는 8년간 친구 할 때보다 1년간 편지를 주고받을 때 그 애에 관해 훨씬 더 많이 알아갔다.

자신이 고독사로 운명할 것을 걱정하는 것도, 잘하고 싶다는 열망 덕에 자신과 매일 같이 씨름하는 것도, 위로에 제법 능한 사람이라는 것도 나는 눈치채지 못하고 있었다. 1년이 채워져 가는 어느 날 보낸 편지의 첫 줄을 읽고 나는 깜짝 놀라 눈을 비볐다.

"나의 친구 시내에게" 실로 기다렸던 말이었다.

수신인은 점차 늘어났다. 엄마, 연인, 이제는 멀어져 버린 어린 날의 친구, 이름도 모르는 인도에서 만난 어느 여행자⋯. 마음속에선 사람들을 향한 작은 방이 계속해서 생겼다.

사랑하면 사랑하는 대로, 미우면 미운 대로, 나는 야금야금 마음을 전했다.

누군가를 떠올리며 글을 적어 내리는 행위는 내 사랑을 더 견고하게 만들었다. 미움은 이해로 바뀌었다. 나는 몇 번은 편지를 부치고, 대부분은 보내지 않고 서랍 한쪽에 쑤셔뒀다. 대신, 다 쓰고 나서도 휘발되지 않고 남아있는 마음은 말로 전했다. 이해와 확신이 가득 찬 말들이 입 밖으로 나오니, 더 이상 옛날만큼 말하는 게 어렵지 않았다.

스스로를 이해할 수 없는 순간에도 내게 편지를 쓴다. 한 발짝 떨어진 채로 나를 본다. 못나기도, 예쁘기도 하다. 그 생각이 들 때쯤에야 늘 펜을 내려둔다.

도착지는 어른이 아니라 그저 나

이제는 익숙해진 어느 밤의 빈 시간, 나는 내가 아닌 누군가를 떠올리고 계속해서 쓴다. 그렇게 사랑은 자꾸만 확장된다.

히말라야, 생(生)을 찾다

유난히 바람이 거셌다. 언어를 알아들을 수 없는 뉴스에서는 내가 있는 포카라의 풍경을 자꾸만 비추었다. 히말라야에 오르기 전날이었다. 한인 식당 주인의 걱정스러운 말이 점점 흐리게 들렸다. 휴대전화 알림이 멈추지 않았다.

나는 가족과 친구들에게 대충 안부를 답한 채로 현과 비상대책회의를 했다. 밤 10시가 넘은 시간이었다. 내일 아침이 되면, 우리는 예정대로 히말라야로 향해야 했다. 함께 떠나기로 했던 지연은 결국 산행을 포기하기로 했다.

히말라야를 수없이 오르내린 현은 내게 꼭 이곳의 아름다움을 보여주고 싶어 했고, 인도를 여행 중이던 지연과 나는 망설임 없이 그가 있는 곳으로 왔다. 바라나시부터 포카라까지, 구불구불한 산길을 따라오니 자그마치 20시간이 걸렸다. 고된 여행이 익숙한 나는 오는 내내 잠들었지만, 그렇지 않은 지연에게는 분명 힘든 여정이었을 것이다.

그녀의 고생을 비웃기라도 하듯 예기치 못한 폭설이 포카라에 닿았다. 대부분의 여행자가 이곳에 온 목적인 히말라야를 망설임 없이 포기하기 시작했다. 한국까지 소식이 전해질 만큼 위협적인 날씨였다. 그러나 현과 나만은 생각이 달랐다.

현은 산의 마음을 알 수 있다고 했다. 나는 눈과 바람이 무섭지 않았다. 현은 당초 가려고 했던 안나푸르나 베이스캠프 대신, 마르디히말로 향하자고 했다. 협곡보다는 능선을 타는 게 훨씬 안전하다는 판단이었다. 히말라야를 집처럼 드나드는 현과 킬리만자로 정상도 쉬이 다녀온 나였지만, 어쩌면 이날의 판단은 우리의 오만이었을지도 모른다.

숙소로 돌아와 테라스에 한참을 앉아 있으니 지연이 인기척을 내며 들어왔다. 꽤 긴 적막을 깨고 그녀는 내게 물었다. 만약에, 정말 만약에 산에 올라갔다가 죽게 되면 어떡할 거냐고. 이렇게 눈이 많이 오는데, 걱정이 되지 않냐는 거였다. 나는 대답했다.

"나는 죽어도 여한이 없을 것 같아. 히말라야라면. 그러니까 가게 내버려 둬."

너무 많이 행복했고, 너무 많이 아팠고, 세상의 아름다운 것들을 품어봤기 때문이라는 말은 목구멍으로 삼켰다. 사랑과 미움이 서린 눈망울이 그녀에게서 보였다. 나는 애써 고개를 돌렸다.

스무 살 언저리부터, 나는 그간 살아온 모든 인생을 접어둔 채, 방랑자 인생을 시작했다. 잘 다니던 학교를 그만두었다. 돈을 모으면 떠나고, 사랑이 생기려 하면 떠났다. 가끔은 함께였지만, 대부분은 혼자였다.

돈이 다 떨어질 때까지 돌아오지 않았다. 짧게는 두 달씩, 길게는 반년씩. 몇천 원짜리 숙소에서 굼벵이처럼 기어다니기도, 그간 누려보지 못한 호사스러운 음식을 먹어보기도 하면서.

자꾸만 생(生)으로부터 도망쳤다.

모범생, 아빠 없는 아이, 책임져야 하는 것들의 무게, 손가락질 받는 가난. 어린 시절부터 옭아맨 이름표가 여행지에는 없었다. 오로지 여행자로서의 나만이 존재했다. 떠나온 곳에서는 그 누구도 나의 존재를 몰랐다. 그래서 산이 좋았다. 인간이 아우를 수 없는 자연, 산 앞에서는 누구나 평등했으며 그 누구도 아무것도 아니었다.

예측할 수 없는 날씨와 변화하는 풍경, 그 속에서 겨

우내 발견하는 태초부터 산에 살아온 이들의 미소. 턱 끝까지 차오르는 괴로움을 버티면서도, 내가 자꾸만 산을 오르내리는 까닭이었다.

산은 삶의 축약이었다. 산을 버텨나가다 보면, 생을 버티는 건 아무것도 아니라는 생각마저 들 지경이었다. 나는 오로지 나만의 방식으로 삶의 귀퉁이를 잡고 있었다.

날이 밝자, 산행을 포기했던 지연마저, 히말라야를 오르기로 결심했다. 평소에도 겁이 많은 그녀에게는 큰 결심이었다. 눈발은 점점 거세어졌다. 예정 시간보다 훨씬 늦게 첫 캠프인 오스트리안 캠프(1,920m)에 도착했다.

이미 지연은 눈길에 미끄러져 다리를 다친 상태였다. 밤은 우리를 위로하듯, 눈발을 거두고 찬란한 별을 내뿜었다. 지연의 손을 꼭 잡고 잔디에 누웠다. 다음에는 우리의 나이 든 엄마들을 꼭 데려오자고 약속을 한 채, 하루를 보냈다.

작은 걸음에, 작은 미래가 그려졌다.

기상은 점점 악화되었다. 우박 같은 눈이 쏟아졌다. 이제는 대부분의 길이 눈에 덮여, 번갈아 앞장서며 길을 만들어 가야 했다. 다리를 가슴까지 올린 채, 바닥으로 힘을 줘서 뻗으면 길이 생긴다. 체력은 두 배로 든다. 때때로 지연은 내 손을 꼭 잡았다. 그녀는 내게 겁내지 말라는 신호를 준다. 애써 노래를 부르며 겁을 달랜다.

시간은 구름처럼 흘러간다. 아침과 새벽의 경계가 모호해진 어느 날, 마지막 캠프인 하이캠프에 도착했다. 잠시 몸을 녹이고, 정상을 향하면 된다. 쉴 틈이 없다. 더 해가 지기 전에 빨리 다녀와야 한다. 그러나 이상하게도, 있어야 할 길이 보이지 않는다.

우리는 정상처럼 보이는 곳을 따라서, 오르고 올랐다.

계속 올라도, 도무지 길이 보이지 않았다. 우리는 아무 말을 하지 않은 채 계속해서 올랐다. 현이 옆을 보지 말라는 말을 함과 동시에, 우리는 절벽 한가운데를 타고 있었음을 깨달았다. 결국, 산은 우리를 허락하지 않았다.

나는 당초부터 겁이 많다. 삶에 대한 겁이 아니다. 원초적인 겁. 야생 동물이나 높은 곳으로부터 느껴지는. 놀이기구조차 제대로 타지 못하고, 길 가는 개를 피한다.

설산의 낭떠러지 아래의 까마득한 삶을 내려다보았다. 온통 먹색이었다. 인간이 가질 수 있는 온갖 원초적인 두려움이 내게로 다가왔다. 온몸의 털이 곤두섰다. 다리가 후들거렸다. 발을 헛디뎠다간, 진짜로 죽는다는 생각에 영영 머릿속이 새하얘졌다.

그리고 다시 시선을 앞으로 거두었을 때, 굳어버린 지연의 얼굴을 보았다. 패닉 상태였다. 창백한 얼굴의 그녀는 우리가 보이지도, 우리의 말이 들리지도 않았다.

도착지는 어른이 아니라 그저 나

나는 산행 내내 내 손을 꼭 잡아준 그녀가 생각났다. 순간, 절벽도, 눈도 아무것도 생각나지 않았다. 별을 보며 그녀와 했던 약속이 생각났다.

"오래오래 살자. 시내야, 이곳에 다시 올 때는 우리의 엄마들을 데려오자. 생을 이어 나가자. 아름다운 것들을 오래 보자. 힘들면 서로의 손을 꼭 잡자. 삶에 조금만 미련을 가져줘. 그렇지 않으면 내가 너무 슬프다."

현과 나는 지연의 이름을 애타게 불렀다.

지연아, 지연아. 우리 내려가자. 우리 살자. 정신 차려. 앞으로 할 것들이 정말로 많은데 우리.

가파른 절벽 길에 멈춰있던 시간이 얼마나 길었는지 모르겠다. 어쩌면 몇 초일 수도 있다. 4,000m가 넘는 고산은 시간을 어지럽힌다. 그렇게 한참이나 패닉에 빠진 지연은 비로소 나의 목소리에 번뜩 정신을 차렸다. 그리곤, 손을 꼭 붙잡고, 차근차근 걸음을 옮겼다.

사뿐사뿐, 나비 같은 발걸음이었다.

그녀는 걸음걸음 생으로 다가왔다. 우리의 수많은 약속이 있는 곳으로. 꽃과 나무와 바람과 들판이 있는 곳으로. 눈 아래로 찬란한 초록들이 그려졌다.

돌아간 하이캠프에서는 헬기를 타는 사람들이 보였다. 날씨는 개고 있었지만, 황급히 하산했다. 내려간 도심의 뉴스에서는 연일 실종 소식들이 들렸다. 걱정하는 이들에게는 보다 다정한 답장을 건넸다.

한 가지의 생각만 들었다. 산은 내게 비로소 삶을 허락했구나.

'살았다.'라는 표면적인 사실이 아니라, '살고 싶다.'라는 실존적인 생각이 머릿속에 가득 찼다. 아, 나는 누군가가 나를 간절히 붙잡아 주기를 기다렸구나. 누군가의 손을 붙잡고 걷고 싶었구나. 사실은 누구보다도 간절히 생을 이어 나가고 싶었구나.

도착지는 어른이 아니라 그저 나

나는 이제 방랑자의 삶을 졸업했다. 종종 여행을 떠나지만, 긴 기간을 체류하지도, 사랑으로부터 도망치지도 않는다. 그저 남들처럼 아름다운 것들을 보며, 산의 아름다움에 경탄하며, 그저 생을 살아갈 뿐이다.

오빠의 보물 상자

엄마가 다녀간 후의 집은 티가 난다. 묘하게 반짝이는 바닥, 칼같이 개어진 옷들. 창문을 한참이나 열어놨는지, 집 안에 고여있는 공기까지 상쾌하다. 냉장고 문을 열어본다. 손질해 놓은 채소들은 전부 사라지고, 빈틈 없이 채워진 반찬통이 가득하다. 나는 엄마에게 전화를 건다.

"엄마, 좀! 나 이거 다 못 먹는다니까! 강된장 해주지….."

고맙다는 말 대신 짜증 섞인 못난 말이 튀어나온다. 그도 그럴 게, 반찬의 라인업이 늘 탐탁지 않다. 물김

치 다섯 포기, 멸치볶음, 마늘쫑, 샐러리로 만든 피클,
계란 한 판을 다 쓴 계란장까지. 모두 내가 전혀 먹지
않는 것들이다. 몇 번이고 좋아하는 반찬을 말했지만
늘 같은 반찬으로만 차 있다. 엄마는 대답한다.

"그럼 어떡하니, 엄마가 손이 커서. 부지런히 먹어 봐.
오빠가 좋아하는 거야. 이마저도 없어서 못 먹는데…."

일곱 살 때부터 엄마는 늘 그랬다. 너희 오빠는 이걸
좋아하는데, 오빠가 잘 먹어야 하는데, 오빠가 힘든 것
같은데, 너희 오빠는 갖고 싶은 게 있어도 꾹 참았는
데, 너희 오빠는 배 속에서부터 딸처럼 얌전했는데 넌
왜 천방지축이니. 오빠, 오빠, 오빠….

어린 날, 기숙사 학교에 다니던 열한 살 터울의 오빠
가 도착하는 날이면 밥상은 늘 오빠가 좋아하는 반찬
들로 가득 찼다. 메추리알이 아닌, 홍두깨살이 국물도
보이지 않을 만큼 가득 담긴 장조림, 갓 지은 진밥(오
빠는 된밥을 먹지 못한다), 잘 구워진 생선, 온갖 산해진

미가 식탁에 가득했다. 끓인 지 오래된 콩나물국을 데우고, 계란프라이를 스스로 구워 먹던 일곱 살의 내게 오빠는 질투의 대상이었다.

필요할 때는 나만 찾으면서, 힘들 때는 역시 딸밖에 없다고 하면서도 늘 오빠만을 생각하는 엄마. 오빠를 떠올리며 내 반찬을 만드는 엄마.

아마 오빠가 좋아하던 모습을 떠올리며 만들었겠지. 엄마 눈엔 늘 오빠만 가여웠다. 엄마는 내가 자라오는 내내 오빠가 가엾다고 했다.

그러니까 밥 먹은 설거지는 여자인 내가 해야 하고, 빨래 개기에 서툴다는 오빠 대신에 매일 수건을 개야 한다고 말했다. 세상에 빨래를 못 개는 사람이 어디 있냐고, 나는 늘 입이 댓 발 나왔다.

오빠는 인기가 많았다. 매주 우리 집으로는 오빠의 열렬한 팬들로 추정되는 사람들에게 받은 연애편지와 간식이 배달됐다. 나는 그걸 침대 밑 빨간 상자—예쁜 돌이나, 좋아하는 간식거리, 친구와의 교환일기 등이 담긴 보물 상자—에 두었다.

당시 나는 너무 어린 나머지, 내게 편지를 쓰는 사람은 없었으므로 오빠가 받은 편지들을 훔쳐, 몇 번이고 읽었다. 때때로 그들은 나를 위한 선물들도 보냈다. 그중엔 불량 식품을 보낸 이도 있었다. 나는 오빠에게 그 언니랑 꼭 사귀라고 말했다.

엄마도 오빠의 것이고, 오빠의 친구들은 부러울 정도로 어른스럽고, 오빠는 반장도 매번 하고, 공부를 잘하는 사람만 간다는 고등학교에 가고, 부러운 것투성인데 왜 엄마는 오빠가 불쌍하다고 울까. 엄마의 사랑이 필요한 건 난데, 내가 열한 살이나 더 어린데, 오빠는 나보다 인기가 많은데.

때때로 오빠의 편지를 훔쳐 읽었다. 편지 속에는 오빠를 향한 사랑들로 가득했다. 편지 속의 사랑이 부러우면서도, 오빠가 이들의 사랑에 회신할까 불안했다. 편지가 없는 날엔 일기를 훔쳐 읽었다. 그 속엔 너무 아름답고 가녀린 소년이 있어 나는 뜻도 모른 채로 엉엉 울었다. 때로는 나에 관한 이야기가 있었다. 일곱의 내가 이해하기엔 어려운 말이었다.

열여덟의 오빠는 참 이상했다. 몇 달에 한 번쯤, 아무 기념일도 아닌 평범한 주말에 오빠는 내 손을 잡고 문구점으로 향했다. 엄마가 절대 사주지 않는 마법 지팡이와 인형, 청소년 잡지를 사주곤 했다. 엄마가 늦는 날에는 침대에 누운 내가 잠들 때까지 이야기를 들려줬다. 무서운 얘기 덕에 밤잠을 설칠 때도 있었지만, 세상 누구보다도 오빠가 오는 날만을 손꼽아 기다렸다.

그러던 어느 날, 나는 침대 밑에 있는 엄마의 보물 상자에서 오빠의 이야기를 발견했다. 빨간 줄의 원고지에 아름다운 필체로 쓴 동화였다. 오빠의 이름으로 시작한 동화 속에서 오빠는 나만큼 작았다.

오빠는 실수로 집에 있던 도자기를 깨어버렸고, 두들겨 맞은 후 집에서 쫓겨났다. 그리고 엄마의 곁에서 살게 되었다. 무슨 이런 동화가 있나 싶어, 나는 그 동화가 아직까지 생생히 기억난다.

동화는 보통 아름다운 이야긴데, 그 이야기는 내가 아는 아름다운 것들이 하나도 나오지 않았다. 그래도 동화는 지어낸 이야기니까 그 모든 이야기가 가짜이길 바랐다. 그건 나의 아빠가 쓴 동화였다.

한참의 시간이 지나고, 나 역시 어엿한 성인이 되었을 때, 나는 우연히 그 원고지를 다시 발견했다. 나의 일기장과 오빠의 일기장 틈 속에서였다. 엄마의 서랍장 안에 고이 보관되어 있던 원고지 뭉치.

원고지의 뒷면, 그때는 보지 못했던 필체가 보였다. 필시 오빠의 것이었다. 오빠가 소년이었을 시절의 일기. 나는 그것을 읽어 내렸다.

난 이제 중1이다. 한 가정의 어엿한 가장이다. 지금은 행복하다. 절대로 내 과거에 흔들리지 않고 강하게 살아가겠다. 오늘 읽을 때 눈물이 나오려고 했지만 참았다. 새아버지가 고맙다. 죄송하다. 어머니와 함께 행복하게 잘 사시는 것을 내가 끼어들어 헤어져야 했다니… 내가 이 글을 볼 때 어머니께서 들어오셨다. 난 후다닥 책상 밑으로 넣고 자는 척 시늉을 했다. 어머니께서 보시면 가슴이 쓰라릴 것이다. 하지만 난 절대 나약하지 않다. 동생과 어머니를 잘 지켜나가야만 한다. 이제까지 나의 곁에서 지켜주신 좋은 분들이 있다. 그분들께 감사한다. 그리고 나의 소원, 형이 제발 좋은 사람으로 잘 자라갔으면. 난 다시 새엄마에게 가도 좋다. 난 행복해졌으니, 형도 행복할 권리가 있기 때문이다. 형, 힘내!

소년의 문장이 아파서 나는 계속해서 소년을 읽어 내렸다. 혹시라도 소년이 더 성숙해질까 봐 가슴 졸였지만, 소년은 사랑으로 천천히 성장해갔다. 제법 또래와 비슷했던 20대를 지나고, 소년이 내 나이가 되었을 때의 일기에서는, 다행스럽게도 더 이상 내 이름을 찾아낼 수 없었다. 그 일기에는 온갖 아름다운 얘기로만 가득 차 있었다.

소년은 이제 사랑이 고프지 않다.

편지를 써 내린 소년은 이제 마흔이 훌쩍 넘었다. 소년에게는 열 살의 아들과 일곱 살의 딸이 있다. 그 딸은 나의 어린 시절과 꼭 닮았다. 톡 튀어나온 넓은 이마, 야무지고 작은 입술, 작고 땅땅한 체형, 예쁨 받는 법에 능해 온갖 사랑스러운 언어만 구사하는 작은 꼬마. 오늘만큼은 실컷 사랑받을 생각에 한없이 들뜬 작은 존재.

마흔의 소년이 퇴근하고 들어오면, 나를 닮은 작은 꼬마는 저 멀리서부터 이제는 주름이 자글자글해진 소년을 향해 달려간다. 커다란 품에 폭 안긴다. 얼마나 보고 싶었는지, 얼마나 오래 기다리고 있었는지, 얼마나 사랑하는지를 아직은 서투른 발음으로 말한다.

소년의 입가에 생긴 미소는 가려지지 않는다. 나는 이제야 일곱 살의 나를 바라보던 소년의 표정을 제대로 본다. 난 그제서야 깨닫는다. 소년이 너무 일찍 어른이 되어버려서, 엄마를 아프게 했구나.

나는 종종 새언니와 오빠가 다투는 날에는, 그래서 언니가 속상해할 때면 조심스레 언니에게 오빠의 일기장에서 몇몇 글을 보여준다. 내 나이 무렵 오빠의 일기장에는 온통 언니의 이야기밖에 없다.

가여움과 불행과 책임감 없이도 사랑으로 꽉꽉 채워진 오빠의 일기장을 보며, 서글픈 안도감이 든다. 우리의 어린 날은, 어리기에 사랑받아야 마땅할 날은 서른이 지나고서야 찾아왔다고. 서로에게 나이 든 어리광을 받아줄 누군가가 있어 참 다행이라고.

아직 크지 못한 채로 남아있던 일곱 살의 나는 여러 종류의 사랑 속에서 차차 자라났다. 오빠를 기다리는 외로운 꼬마, 반찬 투정하며 엄마에게 눈을 흘기는 미운 꼬마는 이제 더 이상 사랑이 고프지 않다. 누군가의 편지와 책으로 도망치지 않아도, 외롭지 않다. 그 속에서 나를 발견하지 못해도, 두렵지 않다.

어딘가에 나를 지키는 사랑이 존재함을 알기 때문이다.

그리고 그건 전부 오빠가 만든 거였다. 이제는 나 역시 사랑이 고프지 않은 사람이 되었다. 당신의 사랑을 귀히 여기며, 주저하지 않고 사랑받고 사랑했다.

영월의 산속에서 글을 쓰고 있는 지금, 친구들은 시도 때도 없이 먼 길을 달려 찾아왔고, 엄마는 먹고 싶은 반찬이 있냐고 물었다. 나는 곧 한국을 떠날 거라 괜찮다고 답장했다. 오빠는 출장이 생겨 서울에 오게 되었다며 점심을 먹자 했지만, 일정이 있다는 내 말에 조카들의 사진을 보내왔다.

내 곁의 모든 사랑은 색깔만 바뀐 채로 아직 그대로 남아있다.

신정동 패밀리

자주 어울리는 동네 친구들이 생겼다. 신기하게도 원래 알던 친구들이다. 10분 거리 안에 산다. 목동이라고 부르기는 애매한(그러나 우리는 모두 목동이라 부른다. 그렇지 않으면 아무도 우리 동네가 어디에 있는지 모르기 때문이다.) 양천구의 어느 조용한 동네 신정동. 할머니들과 길고양이가 유난히 많이 보이는 서울 외곽의 허름한 동네. 집세가 싸서 모두 이곳으로 밀려온 걸지도 모른다는 생각이 들기도 한다.

우리의 일상은 제법 시끌벅적하다. 내 윗집에 한 명, 자전거로 10분 거리에 한 명, 10분 거리를 꿋꿋이 택시 타고 다니는 친구까지. 한평생 부산 살던 친구도

길 건너편으로 이사 왔다. 최근에는 대학 시절 가장 친했던 친구마저 같은 동네로 이사와 동네 밖을 벗어날 일이 사라졌다. 적게는 세 명, 많게는 여덟 명이 모인다(신정동이 재밌다고 소문난 바람에 다른 동네 친구들까지 오는 날은 방이 꽉 찬다). '신정동 패밀리'라는 이름을 가진 우리의 단톡방에는 서로의 일상이 쉬지 않고 올라온다.

한 명을 제외하고는 전부 30대. 결혼하지 않은 30대. 외롭지만 외롭지 않은 사람들. 서로 덕에 외로울 틈이 없는 사람들. 우리는 별것 아닌 이유로 자주 뭉친다. 새로 생긴 동네 맛집을 도전해 본다거나, 배고픈데 외로우면 불러내 소주에 국밥 한 그릇 하거나, 이별한 누군가의 슬픔이 사라지도록 파티를 열어 준다.

때로는 술 대신 무알콜 맥주로 술 취한 듯 떠든다. 나를 포함한 몇몇은 낮에도 모여 작업하기 좋은 카페를 찾아 함께 일한다. 50분 일하고, 10분은 수다 떠는 식이다. 이런 급작스러운 만남도 잦지만, 우리는 수요일 저녁마다 꼭 모인다.

인기 프로그램 〈나는 솔로〉를 함께 보기 위해서다. 친구들과 시원하게 욕하면서 보면 어찌나 재밌는지. 방송국을 욕하면서도 놀아나는 시청자가 바로 우리다. 가장 큰 TV를 가진 H나, 빔프로젝터를 가진 T의 집으로 향하는 수요일은 일주일의 가장 큰 기쁨이다.

30대가 되면 어린 날보다 더 깊이 있는 얘기를 할 거라 짐작했던 건 큰 오해였다. 적어도 우리 동네 친구들 사이에서는 그렇다. 예술, 문학, 철학… 삶의 이유 같은 깊은 주제들은 화두에 잘 꺼내지 않는다.

새로 발견한 밈, 인스타그램 광고를 보고 구입한 물건의 후기, 누군가 용기 내서 다녀온 12:12 미팅의 후기라든가, 이것이 썸인지 아닌지 모르겠다는 고민이나, 바보 같은 몸개그들. 누군가 대화 내용을 엿들었다면 분명 10대를 갓 벗어난 사람들의 대화라 생각했을 것이다. 유치하고 우스운 이야기들.

아마 우리는 우리의 행복을 이루는 주요한 것들이 생각보다 단순한 것이라는 사실을 깨달아서 그럴지도 모른다.

신정동에 있는 누군가의 집에 모이기만 하면 우리의 모든 명함은 사라진다. 퇴근한 의사와 마감을 앞둔 작가, 일에 지친 회사원과 업로드를 미루는 유튜버… 각각의 명함을 떼고 비로소 우리의 이름으로 선다. 힘차게 이름을 부르던 어린 날의 그 시절처럼, 살갑게 서로를 부르니 옅게 새겨진 주름 뒤로 앳된 얼굴이 슬며시 보인다.

일이 끝난 저녁, 나는 '신정동 패밀리'라는 이름의 카카오톡방에 메시지를 보낸다.

"오늘 대박 곱창 먹을 사람!"

숫자가 전부 사라지고, 누군가의 답장과 함께 나는 용수철처럼 튀어 나간다. 오늘은 어떤 쓸모없는 근황을

전해줄까 고민하며, 내 농담이 오늘만큼은 통하기를 바라며. 외로움을 마음속 빗장에 꽁꽁 숨겨 놓고 신정 역으로 향한다. 혼자여도 외롭지 않던 지난날을 떠올리며.

도착지는 어른이 아니라 그저 나

행복이란 게 대단하지 않더라.

영원한 나의 숙제

최근 소개팅한 세 명의 여자를 두고 고민하는 친구에게 말했다.

"오빠는 사랑을 몰라. 몰라도 진짜 몰라. 어떻게 사랑을 고민해. 그건 셋 다 안 좋아하는 거야."

결혼정보회사에 가도 이제는 만혼으로 등록해야 한다는 그는 요즘 급하다. 자신의 짝을 찾기 위해 분주하다. 소개팅 경험이라고는 인생에서 단 한 번뿐인 나로서는 그의 바쁜 사랑 찾기가 도무지 이해되지 않는다.

아주 자연스럽게, 기침처럼 숨길 수 없이 찾아오는 게

사랑 아닌가? 사랑이 이렇게 계산적이어도 되냐는 물음이 목전에 걸렸다. 사랑, 사랑, 사랑… 사랑이란 단어를 계속해서 떠올리니 머릿속이 엉키기 시작했다. 나는 '사랑'을 제대로 알고 있는 걸까. 내가 아는 '사랑'은 정답이 맞을까.

내게 사랑의 시작은 언제나 뜨거웠다. 나는 그 사람을 사랑할지, 아닐지 늘 한눈에 알아봤다. 내가 사랑했던 이들은 어떠한 기류 같은 것을 끌고 다녔다. 어떤 순간에서도 절대적으로 알아챌 수 있을 만큼 확실한 기류였다. 그것은 후광 같은 것은 아니었다.

따지자면 빛보다는 온도에 가까웠다.

근처에 가면 저절로 따끈해지는, 마음으로만 알아챌 수 있는 아주 비밀스러운 거였다. 크기만 다른 채로 부유물처럼 그들 옆에 떠다니는 것들은, 내 눈에만 너무 잘 보였다. 그렇다고 그들 사이에 어떠한 공통점이 있는 것도 아니었다(좋은 사람이었다는 것 말고는).

사랑에 관해서는 언제나 내가 문제였다. 시작은 늘 용감했다. 다칠 용기를 안고 뛰어들었다. 그것이 짝사랑으로 끝나든, 거절을 당하든, 하고 싶은 표현들은 죄다 했다. 그러다 사랑이 뜨거워질 때면, 아니 깊어지려고 하면 그 이후의 것들이 두려워 손을 놓는 건 언제나 내 쪽이었다. 다치는 것도 내 쪽이었다.

뜨거움만이 사랑이 아님을 알면서도, 끓는 것들은 금방 증발해 버린다는 걸 잘 알면서도.

죽고 싶도록 미웠던 이도 언젠가 기억 속에서 잊히는 것처럼, 원망이나 화, 기대감 같은 감정들이 언제 그랬냐는 듯 마음에서 지워지는 것처럼, 사랑도 그럴까 봐 두려웠다.

죽을 것처럼 사랑하던 이들이 지난 사랑을 다른 사랑으로 덮는 모습을 보고 영원한 사랑은 존재하지 않을까 무서웠다. 한 사람을 영원히 사랑할 거란 확신을 가친 채 결혼하는 이들이야말로 세상에서 가장 용감

하다는 생각이 들었다. 이런 내가 감히 사랑을 당신보다 더 잘 안다고 말할 수 있을까.

그럼에도 어린 날부터 지금까지, 사랑에 대해 끝없이 탐구했다. 그 단어를 알게 된 어린 날부터 내게 사랑은 늘 숙제처럼 느껴졌다. 평생을 거쳐 알아내야 할.

알랭 드 보통의 사랑 시리즈는 벌써 3회독을 마쳤고, 동네 도서관에서 '사랑'이라는 단어가 들어간 뇌과학 혹은 심리학 책은 모조리 섭렵했으며(가장 고개를 끄덕이며 본 책은《사랑이라는 이름의 중독》이다), 칼럼이나 영화도 빼먹지 않고 챙겨본다.

수많은 것들을 읽어 내려도 사랑은 결코 정의할 수 없었다. 모두 자신만의 사랑을 정의하고 있었다.

나는 메모장을 켰다. '사랑'을 검색하자 수십 개의 메모가 떴다. 무려 2015년도부터 사랑에 대해 기록했다. 떠오르는 모든 것을 메모하는 습관에 감사했다. 이렇게나 수없이 사랑에 대해 정의해왔다니.

사랑의 사전적 정의는 누군가를 아끼고 귀하게 여기는
마음이다.

2025.01.05. 21:38

사랑은 그 사람의 마음이 다치지 않기를 바라는 것
이다.

2024.12.21. 03:29

사랑은 망설임 없이 계딱지를 양보하는 것이다.

2024.09.06. 01:08

사랑은 당신이 사라진 세상에 대한 두려움이다.

2024.08.23. 18:03

사랑은 싫어하는 장르의 영화를 함께 봐주는 것이다.

2024.03.26. 03:35

사랑하면 많은 것이 닮아간다.

2023.08.14. 14:54

사랑은 한평생 한 사람과 함께하는 것이 불가능하지 않다고 느끼게 되는 것이다.

2022.12.30. 22:11

사랑은 내 세상을 네게 보여주고 싶은 것이다.

2022.07.07. 12:39

사랑하면 많은 것을 닮아간다.
바지런히 세상을 사랑하고, 사랑하는 것들을 내 것으로 만드는 마음

2022.04.21. 18:30

미움도 사랑도 없는 미지근한 온도보다는 미움받고 사랑받고 싶은 뜨거운 삶을 꿈 꿔.

2022.04.16. 13:39

사랑하는 사람들에게는 언제나 사랑의 말을 남겨 놓아야 한다는 것을/오마르 워싱턴

2022.02.26. 00:48

사랑, 모든 걸 줄 수 있는 용기. 오래 가지고 싶은 마음.

2021.09.23. 00:48

외롭고 결핍된 자들은 불안한 사랑을 한다. 아무리 채워도 채워지지 않는 걸 알면서도.

2021.03.22. 18:57

사랑을 주지 않았던 것이 사랑이었음을 비로소 깨달았다.

2020.07.23. 22:02

사랑은 한계를 두지 않는 것. 가까워지는 것을 두려워하지 않는 것. 마음을 다한 무언가를 온전히 받아보는 것. 안기는 것. 나약함을 인정하는 것. 그것을 당신에게 드러내는 것.

2020.02.16. 05:59

사랑은 미움이고 미움은 곧 공포다.

2017.12.14. 07:20

사랑은 책 속에 나온 문장 한 줄로 수많은 이야기를 나누며 밤을 지새우는 것이다.

2017.12.14. 06:58

첫사랑은 풋과일 같다.

2017.08.11. 01:43

연인은 파랑, 슬픔은 흰색, 삶과 열정과 사랑은 빨강.

2016.08.06. 05:37

짝사랑은 하고 싶어서 하는 게 아니다.

2016.05.22. 18:24

사랑은 의심할 여지가 없는 것이다.

2015.09.28. 21:18

어쩌면 나는 사랑의 도망자가 아니라 열렬한 팬일지도 모른다는 생각이 들었다. 너무 크게 갈망하기에 마음은 두려움과 호기심으로 가득 찼다. 이별 후에는 늘 후회했다. 차라리 사랑 같은 것을 몰랐으면 나았을 텐데, 시도도 하지 않았으면 다치지도 않을 텐데, 말하며.

그럼에도 어김없이 새로운 사랑의 빗장을 여는 건 나였다. 문득, 사랑 영화의 대명사 〈500일의 썸머〉에서 내가 가장 공감했던 장면이 떠올랐다.

사랑 같은 건 없다고, 환상일 뿐이라고 말하는 썸머에게 톰은 대답한다.

"당신이 틀렸어요. 언젠가 알게 될 거예요. 당신이 사랑을 느꼈을 때."

그 대답을 들은 후, 썸머는 톰을 쳐다보며 웃는다. 그의 답변에 썸머가 사랑에 빠지기 시작했다고 확신한다.

사실은 누구보다 이상적이고 낭만적인 사랑을 꿈꾸던 썸머에게 그 말은 한줄기의 빛 같았을 것이다. 누구보다 사랑을 꿈꾸기에 되레 겁먹은 사람이었으니까. 썸머의 모습에서 내 모습이 보였다. 결국 10년간 내가 남긴 문장들은 전부 나의 사랑이었다.

내가 갈망한 사랑 혹은 내가 해냈던 사랑. 누구보다 원하기에 그토록 두려웠던 것이 아닐까. 때로는 의심할 여지없이, 때로는 짝사랑을 앓으며, 당신의 부재를 두려워하다가 그럼에도 모든 걸 주는 것.

단 한 문장으로는 절대 정의 내릴 수 없을 것 같은 그 어려운 사랑을, 나의 방식으로 꾸준히 알아가고 있다. 진정한 '사랑'은 여전히 모른다. 여전히 두려운 마음으로 한 발을 내뺀 채 겁쟁이의 사랑을 할지도 모른다. 그럼에도 여전히 '사랑'은 내 인생의 가장 큰 화두이며, 영원히 앓고 싶은 것, 꾸준히 기록해갈 나의 오래된 숙제다.

사랑의 흔적

장기간의 연애 후 나를 뒤돌아봤을 때 가장 슬펐던 것은, 그리움에 대한 슬픔보다는 긴 기간 나를 잃었다는 것에 대한 슬픔이었다.

사랑하면 닮아간다고 했던가. 나는 그 말에 철저히 동의한다. 연애가 끝난 후의 나는 어딘가 묘했다. 내 삶 곳곳에 그가 남아있었다. 그건 미련이나 사랑 같은 게 아니라 생각이나 행동 같은 거였다.

밥을 한 숟갈 먹을 때마다 휴지로 입을 닦는 것, 콜라 대신 제로 콜라를 찾게 된 것, 즐겨 마시는 소주의 종류나 플레이리스트 속의 음악, 영화 취향 같은 것들.

좋아하는 것을 잊은 지는 오래됐다. 시립 미술관에 어떤 전시가 진행되는지 알지 못했고, 좋아하는 작가의 신작에 대해 떠들던 친구들을 오랫동안 만나지 못했다.

혼자 여행을 떠나는 것이라든가 사색에 잠겨 글을 쓰는 것, 시를 읽고 우는 것, 내 감정을 들여다보는 것, 자전거를 타고 서울을 누비는 것, 하루 종일 침대에만 누워있는 것까지.

내가 좋아하던 많은 것들이 멀어져 있었다. 그것들은 그가 좋아하지 않는 것들이었기 때문이다.

좋아하는 모든 것들에게서 멀어지고 나니, 혼자 남은 나는 당최 무엇을 해야 하는지 몰랐다. 걸음마를 막 뗀 아이처럼 자꾸만 넘어졌다.

이별한 직후의 나는 나도 아니고, 그도 아니었다.

사랑을 위해 포기한 수많은 것들과 갖게 된 수많은 습관이 어색하게만 느껴졌다. 예전의 나를 떠올려보려고 해도, 잘 기억나지 않았다.

벽에 붙은 어린 날의 사진을 찬찬히 살펴봤다. 커다란 배낭, 활짝 짓는 웃음, 자유롭고 당돌하던 내 어린 날이 마치 다른 사람인 것처럼 느껴졌다. 연애 중의 나는 낭만보다는 현실을 택했고, 그는 나를 위해 현실을 미뤄두고 때때로 낭만을 좇았다. 맞지 않은 옷을 입은 우리는 점점 달라지는 스스로의 모습에 지쳐갔다.

> 성숙한 '사랑'은 '자신의 통합성', 곧 개성을 유지하는 상태에서의 합일이다. 사랑에서는 두 존재가 하나로 되면서도 둘로 남아있다는 역설이 성립한다.
> ─에리히 프롬의《사랑의 기술》중에서

나를 잃어버리는 것을, 그래서 잘못된 길로 향하는 걸 알면서도 걸어갔던 게 나의 사랑이 아니었을까.

이별할 때 그가 했던 말이 문득 떠올랐다. 이젠 예전의 삶으로 돌아가고 싶다고.

나는 그에게 묻고 싶었다. 예전으로 돌아가는 법을 아느냐고. 나는 그 방법을 몰라서 계속해서 헤매고 있다고. 바뀐 내 모습은 달갑지 않지만 그 달갑지 않은 것들이 어느새 습관이 되어버렸다고.

시간이 좀 더 흐르고, 밖으로 나갈 힘이 생겼다. 일주일에 두어 번은 친구를 만났다. 따릉이 연간 결제권을 끊고는 한겨울에도 서울 도심을 쌩쌩 누비게 됐다.

혼자 여행을 떠나고, 이해하기 어려운 감정들을 마주할 때는 당연한 듯 글을 썼다. 침대에 누워 온종일 밀렸던 영화를 봤다. 시를 읽다 울지는 않았지만, 누군가의 말에 감동해 울곤 했다. 시간은 차근차근 원래의 나를 데려왔다.

다음 행복이 기다려졌다.

이별의 아픔보다 살아가는 즐거움이 훨씬 커졌다. 그와 함께 다닌 곳을 걸어도 그의 생각이 나지 않을 때쯤, 그래서 그의 행복을 온전히 바랄 수 있을 때쯤에는, 비로소 나로 살아있다는 생각이 들었다.

아침 일찍 일어나는 습관과 콜라보다는 제로 콜라를, 수많은 소주 중에 굳이 새로만을 마시는 행위는 여전히 고치지 못했다.

그냥 그대로 두기로 했다. 이제는 전혀 아프지 않은 흉터처럼 말이다. 그렇게 사랑의 모든 증거는 마음 대신 습관으로만 남았다.

어떤 사랑은 나를 잃게 만든다는 것을 서른이 넘어서야 알았지만, 그럼에도 불구하고 여전히 나를 잃는 사랑이 궁금하다. 시시한 사랑을 할 바엔 안 하고 싶다.

다만, 이제는 나를 너무 멀리 놓아두지는 않을 거다.

요가라는 종교

머리가 시끄러운 편이다. 잘 때를 제외하고는 단 한 순간도 생각이 멈추지 않는다. 지나가는 사람만 봐도, 그 사람의 삶을 생각하다 전봇대에 부딪힐 만큼 눈앞의 형상보다는 내가 만든 세계 속에 늘 갇혀있다. 그런 마음을 잠재우기 위해 명상을 했다.

인도의 히피 동네 고아에서 배운 방법이다. 가만히 앉아 눈을 감고, 어둠 속에 커다란 쓰레기통을 하나 만든 후, 떠오르는 생각들을 모조리 집어넣는다. 하나둘 생각을 없애다 보면 신기하게도 아무 생각이 들지 않았다.

그곳에서 처음 명상 수업을 들은 후, 숙소로 돌아오는 길에 엉엉 울어버리고 말았다. '소리' 때문이었다. 눈을 떴는데 새가 지저귀는 소리가 들렸다. 멀지 않은 바다에서 들리는 파도 소리와 나무에 바람이 부딪히는 소리가 들렸다.

그곳은 바닷가 앞이었고, 수풀도 우거진 곳이었는데 그 길을 수없이 지나다니면서도 왜 아무 소리를 들었던 적이 없었을까. 멀티태스킹에 영 재능이 없는 내 뇌가 또 생각에 빠져 있느라 눈과 귀를 막은 탓이라 생각했다.

걷다 보니 흙냄새가 났다. 바다의 짠 기운이 섞여 들어왔다. 자연의 냄새. 생각을 비우니 세상이 또렷하게 보이기 시작했다. 귀국을 하고 제주에 사는 동안에도 명상을 했다. 매일 새로운 아침이 찾아왔다.

문제는 서울에 오고 시작됐다. 새가 지저귀는 소리 대신 비행기 소리가, 흙냄새 대신 오토바이의 매연 냄새가 먼저 들어왔다. 그렇게 명상을 한참이나 잊고 지냈다. 예전과 같은 방법을 시도해도, 마음속에 만든 쓰레기통의 잡생각들은 더 이상 비워지지 않았다. 생각들은 얽히고설켜 도무지 풀 수가 없었다.

나는 한동안 머릿속의 세상 안에서만 지냈다.

스스로가 한심했다. 한 달에 몇 번 있는 일거리를 제외하고는 아무 활동을 하지 않았다. 밥을 먹고 화장실 가는 시간을 제외하고는 대부분을 침대에서 지냈다.

거울을 볼 때마다 흠칫했다. 눈에 띄게 붙은 군살과 기름이 번들번들 올라온 얼굴, 개기름을 제외하고는 내 모습에서 반짝임이라고는 존재하지 않았다. 게을러질수록 스스로가 미워졌다. 이렇게는 안 되겠다는 생각이 들었다. 그렇게 떠오른 것이 운동이었다.

불규칙한 프리랜서 생활에 일상적인 리듬을 만들어야 겠다는 생각이 들었고, 누워만 있느라 약해진 허리에

도움이 되는 것이어야 했다. 수영과 요가, 헬스를 떠올렸다. 우선 헬스가 제외됐다. 아무 때나 자유롭게 갈 수 있는 게 가장 큰 단점이었다.

어느 정도 강제성을 부여하지 않으면 안 나갈 게 뻔했다. 아침 수영을 하고 싶었으나, 주민센터에서 하는 수영장의 경쟁률은 놀라울 만큼 치열했다. 새벽 수영을 하고 출근하는 대한민국 직장인들에 대한 경외심이 들 정도였다. 그렇게 소거법으로 남은 게 요가였다.

요가를 안 해본 건 아니었다. 인도나 태국, 발리에 가면 한두 번씩 원데이 클래스를 들으러 갔다. 내가 받은 대부분의 수업이 명상과 가까운 느린 움직임이라서 이게 운동이 될까 생각했다(나중에 알게 된 사실인데, 이것은 인요가라는 요가의 종류 중 하나였다).

요가원을 고르는 데만 두 달이 걸렸다. 몸뿐만 아니라 생각과 결심도 느렸다. 침대에 누워서 집 주변의 모든 요가원의 정보를 샅샅이 수집하기 시작했다. 필수 조건은 5가지 정도가 있었다.

1. 도보로 30분이 넘지 않을 것.
2. 한 달 15만 원 이하의 저렴한 가격일 것.
3. 동네 어르신들도 다닐 만큼 편안한 공간이며, 초보
   자를 위한 수업이 있을 것.
4. 너무 이른 시간이나 늦은 시간에 수업이 몰려 있지
   않을 것.
5. 수업을 유동적으로 선택할 수 있는 시스템일 것.

거르고 거르다 보니 한 곳으로 좁혀졌다. 집에서 왕복
50분 정도, 한 달에 10만 원가량, 유명하진 않지만 자
리 잡은 지 오래된, 아침에는 힐링 요가와 인요가 등
쉬운 수업이 있고, 저녁에는 몸을 부지런히 움직이는
수업으로 배치된 곳이었다.

무엇보다 마음에 드는 점은 가는 길에 동네에서 가장
큰 도서관이 있었고, 요가원 바로 옆에는 시장이 있
었다.

그렇게 무기력에서 빠져나오는 프로젝트가 시작됐다. 오전 9시 수업에 가려다 보니, 저절로 일찍 일어나게 됐고, 저녁의 힘든 수업을 치르면, 온몸의 기운을 다 쓴 탓인지 금방 잠에 들었다.

시장에서 풍기는 신선한 내음은 내 발을 절로 이끌었다. 이삼천 원씩을 들고 다니며 냉이나 봄동 같은 제철 재료를 구입한 후, 도서관에 들러 신청해 놓은 희망 도서를 찾는다(도서관별로 한 달에 세 권이나 신청할 수 있다!). 집으로 돌아와 오로지 나만을 위해 정성껏 요리하고 굶주린 배를 신나게 채워가면 금세 정오다.

이미 온몸은 활짝 깨어나 다시 눕지 않는다. 집에서 나갈 때 이부자리를 정리해 둔 덕도 크다. 자연스레 책상으로 가 앉는다. 일이 있더라도, 없더라도 자리에 앉아 내 몫을 해낸다. 일상에 루틴이 생겼다. 매일 비슷한 무언가를 한다는 건 엄청난 안정감을 줬다.

한두 달이 지나고 나는 완전히 요가에 빠졌다. 작은

성취가 주는 힘은 대단했다. 어제 안 되던 자세가 오늘 완성될 때, 스스로에 대한 믿음이 커져갔다. 매주 새로운 성취를 얻었다.

요가는 정직했다. 시간을 쏟는 만큼만 늘었다.

주 3일 수업을 주 5일로 늘리고 비교적 쉬운 아침 수업 대신 저녁 수업을 가기 시작했다. 자연스레 술자리가 줄었다. 아무것도 하지 않는 날에는 침대를 벗어나 요가원으로 향했다. 세 타임 정도는 거뜬했다. 일상복 대신 요가복을 샀다.

집에서는 머리서기* 같은 고난이도 동작들을 연습했다. 복잡한 생각이 들 때 머리를 바닥에 붙이고 세상을 거꾸로 바라보면, 놀랍게도 모든 잡념이 사라졌다. 작은 매트 위에서 나는 늘 풍만함을 느꼈다. 오래전

---

*   머리서기(Headstand, 산스크리트어: Śīrṣāsana)는 요가의 대표적인 역자세로, '아사나의 왕'이라고 불린다. 이 자세는 머리와 팔로 체중을 지탱하며 몸을 거꾸로 세우는 동작이다.

떠나간 명상도 다시 찾아왔다.

특히, 빈야사나 아쉬탕가처럼 몸을 부지런히 움직이는 요가를 할 때, 균형을 잡기 위해 내 몸에 귀 기울이다 보면 마음은 더없이 깨끗해졌다. 드디어 나만의 명상을 찾아낸 것이다. 요가를 마치고 집으로 돌아가는 길, 서울 어느 고가도로 위에 선 내게 비행기 소음 대신 사람들의 웃음소리와 빛나는 햇살이 다가왔다.

그렇게 1년이 지났다. 특별한 일이 있지 않고서는 매일 요가를 한다. 오후 1시에 일어나 동이 트기 직전 겨우 잠들던 나는 오전 8시만 되면 눈이 떠진다. 침대는 잠을 자는 용도 그 이상도 이하도 아니다.

지방 출장을 가도, 해외 출장을 가도 숙소 근처의 요가원부터 찾는 게 습관이 됐다. 어디에 있든 비슷한 일상을 유지한다. 부지런히 아침을 시작하니, 낮 시간은 절로 일하는 시간으로 바뀌었다.

도착지는 어른이 아니라 그저 나

일이 밀리지 않았다. 체지방은 10% 넘게 떨어졌고, 물렁물렁한 팔에는 눈에 보일 정도로 근육이 생기고, 굽었던 등이 반듯하게 펴졌다. 작가의 숙명이던 거북목도 차츰 나아졌다. 무엇보다. 책상 앞에 오래 앉아 있어도 허리가 쑤시지 않았다.

내가 요가로 얻게 된 건 그것뿐만이 아니다. 세계 어디서나 '요가'라는 주제 하나로 떠들 친구들이 생겼다. 각자의 언어가 달라도 괜찮다.

고대 인도의 언어이자 요가의 언어인 '산스크리트어'•를 통해 우리는 한데 모여 같은 자세를 하고 같은 풍경을 바라본다. 수련이 끝난 후 서로의 눈을 마주하고 '나마스떼'•• 인사하는 순간, 서로의 세계는 연결된다.

• 산스크리트어(Sanskrit)는 고대 인도의 언어로, 《요가 수트라》를 포함한 요가 철학의 경전이 기록된 언어이다. 요가 수련과 철학에서 중심적인 역할을 하며, 데바나가리 문자로 주로 쓰인다.

•• '나마스떼'라는 인사말의 뜻은 나의 영혼이 당신의 영혼을 인정하고 존중한다는 뜻이다.

작은 꿈이 하나 생겼다. 따놓기만 하면 세계 어디에서나 일할 수 있는 몇 안 되는 자격증 중 하나가 바로 '요가 지도자 자격증'이다. 그 흔한 운전면허증도 없는 내 인생의 첫 자격증이 부디 요가 지도자 자격증이기를 바란다.

그리하여 전 세계를 떠돌며 요가하고 글 쓰는 멋쟁이 할머니가 되기를.

이제 요가는 내게 종교다(글을 쓰면서도 이쯤 되면 사이비 종교 교주처럼 느껴지지 않을까 걱정되긴 한다). 요가를 신으로 섬긴다는 게 아니다.

매일 나와의 시간을 보내며, 몸과 마음의 균형을 찾아가는 행위에서 스스로를 믿는 것, 딱 노력한 만큼의 성취를 만끽하는 것, 어제보다 나은 오늘을 만들어 주는 것, 무기력의 늪에서 나를 꺼내는 것, 내 종교로 삼기에는 너무나도 타당한 이유다.

더 이상 내 머릿속은 쓸데없는 생각들로 복잡하지 않다. 마음과 머리를 온전히 비운 후 바라보는 세상은 너무나 투명하다. 영국에서 태어나 인도에서 요가를 배운 나의 요가 구루* 니콜이 내게 말했다.

딱 하루에 90분만 우리의 시간을 도둑맞아 보자고. 나의 잡념과 삶을 잠시라도 잊기 위해, 이렇게나 사랑스러운 도둑에게 마음껏 내 시간을 내어주자고.

혹시 이 글을 보고 요가에 흥미가 생겼다면, 나는 말하고 싶다. 요가에는 거창한 준비물도, 특별한 기술도 필요 없다. 매트 위에 앉아 나의 숨, 나의 몸에 귀 기울이는 것만으로 충분하다.

오늘의 나를 어제보다 조금 더 따뜻하게 바라볼 수 있다면, 그것으로도 요가는 성공이다. 눈을 감고 숨을 고

---

* 산스크리트어로 '존경받는 사람'을 의미한다. 전통적으로 지도자나 스승을 가리키는 말이다. 요가에서 구루는 단순한 스승이 아닌 지식 전달자이자 영적 안내자를 뜻한다.

르며 마음속에 인사를 건네 보자.

'나마스떼'

나의 영혼에 안녕을 전하며, 새로운 내일이 시작될 것
이다.

도착지는 어른이 아니라 그저 나

서른의 감정

어린 날부터 늘 서른이 궁금했다. 친구 C는 서른이 되기 전에 죽을 거라고 매일 같이 말했고, 이미 서른이 훌쩍 넘은 친구 H는 서른은 끝내주는 나이라고 했다.

'서른'이 대체 뭐길래 그렇게 다들 의미를 부여하는 건지 궁금했다.

그 무렵의 나는 김광석의 〈서른 즈음에〉를 귀에 달고 살았다. 다가오는 서른을 반기기라도 하듯, 혹은 두려워 밀어내기라도 하듯 노래의 가사를 꼭꼭 씹으며 서른을 기다렸다. 청춘과 멀어져 간다는 말이, 비어가는 가슴에서 아무것도 찾을 수 없다는 말이 도무지 이해

되지 않았다.

내가 열렬히 좇던 김광석은 서른이 넘고 몇 해 버티지 못하고 세상을 떠났다. 그를 떠올릴 때면 나는 서른이 무서웠다. 해가 지날수록 이해하지 못했던 그의 가사가 마음속에 박혔기 때문이다.

서른을 맞았다. 친구 C는 서른이 넘고도 죽지 않았고, 친구 H는 사실은 서른이 두려웠노라고 말했다. 한 해, 두 해가 지나고 나는 친구가 아직 죽지 않은 이유도, 서른이 두려웠던 이유도 알 것 같았다. 꿈, 열정, 청춘 같은 것들로 가득했던 20대와는 한 발 한 발 멀어졌다.

하고 싶은 것보다는 해야 하는 것들이 많아졌다. 좋아하는 것들은 언제나 현실에 치여 뒷전이 되었다.

어린 날 꿈꾸던 삶과는 명확하게 달라져 있었다. 잔소리가 두려워 명절을 피하고, 친구들의 결혼에 조급해

지는, 낭만보다는 밥벌이가 훨씬 중요한 시시한 30대
가 되어있을 줄은 전혀 몰랐다.

복잡한 마음을 달래고자 '서른병'을 함께 앓던 친구
수현과 우리의 20대가 담겨 있는 인도로 향했다. 그
시절 그곳에서 우리는 낭만과 우정 혹은 사랑 같은 단
어를 배웠다. 별을 보며 꿈을 이야기하고, 모래밭에 누
워 잠을 청했다. 섹시한 할머니가 되겠다는 다짐을 수
도 없이 했다. 그 시절의 우리가 그리웠다.

30대의 첫 인도였다. 우리가 그리워하던 모든 이들을
떠올리며 기차에 몸을 맡겼다. 체력으로 승부 보던 20
대 때처럼 가장 싼 SL칸은 타지 못했다.

떠올리기만 해도 꿉꿉함이 떠오르는 SL칸. 조금만 숨
쉬어도 코에 검은 먼지가 잔뜩 묻는, 푸세식 화장실의
냄새가 자는 중에도 희미하게 퍼지던, 온갖 노점상들
로 앉을 자리가 없던 그곳에서 긴 시간을 보낼 용기가
없었다.

돈을 좀 더 주고 탄 3A칸은 지나치게 깨끗했다. 깨끗한 시트에, 먼지 쌓인 팬 대신 에어컨에서 바람이 나왔다. 그곳에는 우리를 괴롭히는 이들 대신 정갈한 복장의 신사 숙녀들만 가득했다.

우리는 어린 날의 추억을 찾아 나섰다. 시작은 인도 동부의 콜카타였다. 우리가 거리에서 만났던 친구 아난의 소식을 수소문 끝에 찾았다. 이미 이곳을 떠난 지 오래라고 했다. 몇십 년간 인도 여행자들의 터줏대감이던 바라나시 쿠미코 하우스의 쿠미코 할머니는 몸이 아파 딸이 사는 중부의 뱅갈루루로 내려갔다는 소식이 들렸다.

결국, 우리가 그토록 그리워하던 이들은 단 한 명도 만날 수 없었다. 20대의 인연들이 통째로 사라져 슬퍼하는 내게 수현은 말했다.

어쩌면 우리의 20대를 이제는 보내야 하기에 이제 그들이 존재하지 않는 게 아니냐고.

도착지는 어른이 아니라 그저 나

우리는 갠지스강에 앉아 하염없이 흐르는 강물들을 보내며 지난 추억들을 매듭지었다. 낡은 기차의 경적 소리와 그곳에서 만난 인연들이 기억 속에서 바스러져 갔다. 긴 시간 인도에 머물며 알아냈던 감정들 역시 흐릿해졌다.

그럼에도, 그리움을 뒤로하고 만난 인도의 뒷골목은 여전히 허름했으며, 야위고 예민한 개들은 여전히 시끄럽게 짖었다. 화장터 위로 펼쳐지는 연기도 여전했다. 라씨와 짜이의 맛은 혀가 따가울 정도로 생생했다.

지나간 것들과 여전한 것들이 뒤섞인 인도에 나는 또 새로운 이들을 즐겁게 마주했다. 남은 여행 동안 그리운 이들을 떠올리기 바쁠 정도로. 이 책은 그런 마음에서 쓰였다. 가슴 뜨겁던 그 시절을 잘 보내고, 익숙함을 남겨두고, 비어 버린 공간에 밀려든 새로움을 맞이하기 위해서. 강물 같이 흘러가는 인생 속에서 고꾸라졌다가 다시 떠오르는 법을 알기 위해서.

떠나고, 잃고, 다시 채우며 다가오는 새로운 하루를 두려움 없이 맞이하기 위해서.

이 흐름이 자연스러워질 때까지.

Q. 어떤 분들에게 이 책을 추천하고 싶으신가요?

스물에서 서른, 어른이 되는 것이 아직 어려운 분에게 책을 권하고 싶어요. 서른에서 마흔, 삶이 조금 팍팍할 지라도 여전히 잘 해내고 있는 당신에게도 좋을 것 같아요. 어른이 되어가는 사이에 쓰여진 글이거든요. 영원할 것 같지만 사라진 것들도, 오래되어 바래진 것들도 전부 뒤로하고, 새로운 것들을 마주하는 그 길고 긴 과정이요.

당신에게 '어른'의 정의는 무엇인가요? 저는 어른이란 특정 나이를 지나야 하는 건 줄 알았거든요. 어른의 사전적 정의는 '다 자란 사람'이래요. 제가 스무 살엔,

'스물다섯이 되면 진짜 어른이야.'라고 생각했고 막상 스물다섯이 되니, 저는 여전히 어려서 '서른이 되면 진짜 어른이 될 거야.' 생각하며 어른이기를 미뤘어요.

서른을 한참이나 지나고 드는 생각은 여전히 무럭무럭 자라고 싶다는 거예요. 평생 어른이 되어가는 과정 속에서 한 해 한 해 더 나은 인간이 되기를 갈망하며 살아갈 모두에게 글을 전합니다.

Q. 이 책에서 가장 아끼는 문장을 꼽는다면요?
사랑 예찬론자로서 이번 책에도 사랑 이야기가 참 많아요. 그래서인지 '영원한 나의 숙제'의 마지막 문장이 쓰면서도 기억에 남았어요. 말로 하는 것과 글로 적는 것은 달라서, 더 깊게 새겨지잖아요. 사랑에 관한 이 말이 제 가슴 속에 오래도록 새겨져 있을 것 같아요.

> 여전히 '사랑'은 내 인생의 가장 큰 화두이며, 영원히 잃고 싶은 것, 꾸준히 기록해갈 나의 오래된 숙제다.

Q. 작업하는 과정에서 가장 고민했던 지점은 무엇일까요?

저는 늘 글쓰기가 어려워요. 작가야말로 가장 위험한 무기를 든 직업이라고 생각하거든요. 내가 쓴 단어와 문장이 혹시라도 마음에 생채기를 낼까, 내 세상의 이야기를 누군가 정답이라고 생각할까 봐요.

너무 무거워서 읽는 이가 아프지 않게, 너무 가벼워서 낱말들이 머릿속에서 훨훨 날아다니지 않도록 고민하며 썼어요. 가장 개인적인 이야기가 가장 보편적인 이야기라고 하잖아요. 담담하게 쓰인 제 이야기가 위로가 되기를 바라는 마음으로 글을 담았습니다.

Q. 여덟 번째 책을 출간한 소감이 어떠신가요?

독립출판물 2권을 포함해 이번에 8번째 책인데요. 언제 이렇게 책을 많이 냈나 싶어요. 계속해서 쓰는 사람으로 살아갈 수 있도록 꾸준히 책을 읽어주시는 독자님들께 진심으로 감사합니다. 독자님들 덕분에 자라난 마음으로 여행을 다니고, 사람을 만나고 그 마음을 모아 글을 쓰고 있어요.

아마 한 평생 책을 쓰게 된다면, 서른 권도 넘겠지요? 꼬부랑 할머니 될 때까지 보편적이고 일상적이지만 특별한, 그런 이야기를 쓰고 싶어요. 낱말 하나로 세상을 바꾸진 못하지만 한 사람일지라도 내 글이 위로가 된다면, 제 세상은 계속해서 나은 방향으로 바뀔 것 같아요.

Q. 이 책으로 작가님을 처음 알게 된 독자에게 해주고 싶은 이야기가 있다면요?

반갑습니다. 소개를 해야 할 것 같아요. 여행지에서 만났으면 진한 포옹과 함께 인사했을 텐데, 책으로 만나니 그럴 수 없어 아쉽네요. 상상으로나마 꽉 안아 봅니다. 저는 이렇게 사람의 온기를 좋아하며 살아가는 평범한 (그러나 평범하게 살고 있지만은 않은) 사람이에요. 평소에는 웃음이 많고 밝아요. 때때로 냉소적인 부분도 있고요. 어린 시절부터 토론에서는 져본 적이 거의 없지만 친애하는 이들에겐 매일 져요.

친구가 말하길, 저는 감정에 빠지는 사람보다는 사유

에 빠지는 사람을 좋아한대요. 당신은 그런 사람인가요? 얼굴도 모르지만 이곳까지 읽어냈을 당신이 궁금합니다. 저는 유치한 농담을 좋아하지만 슬프게도 아무도 제 농담에는 웃지 않아요. 제 재미없는 농담에 웃어주는 사람을 만나는 게 요즘의 꿈이니 부디 절 만나면 활짝 웃어주세요. 만나고 싶어요.

Q. 앞으로의 계획이 있을까요?

최근에 글방을 열었어요. 글을 사랑하는 사람들을 모아 매주 다른 주제로 토론하고, 함께 글 쓰고, 쓴 글을 나눠요. 그 시간이 너무 다정해서 수업 시간이 기다려져요. 글쓰기가 가진 치유의 힘을 계속해서 나누고 싶어요. 언젠가는 동화 작가가 되고 싶어 틈틈이 동화도 쓰고 있고요. 여행에 관한 동화가 되지 않을까 싶어요.

지금은 세상을 여행하는 나무에 관한 이야기를 쓰고 있어요. 아무래도 여행작가이니 여행에 관해서도 말하자면, 20대 내내 여행작가로 지내며 새로운 곳을 많이 다녔는데, 30대가 되니 여행지도 취향이란 게 생기

더라고요.

이제는 낯선 여행지보다는 익숙한 여행지를 자주 가게 될 것 같아요. 마치 살아가듯이요. 그렇게 쓰고, 여행하고, 사람을 사랑하며 살아가는 게 여전히 제 꿈이에요. 언젠가 먼 곳에서 글 쓰고 있는 저를 발견하면 꼭 말 걸어주세요.

행복은 언제나 당신의 편

초판 1쇄 발행 2025년 04월 16일
초판 2쇄 발행 2025년 04월 25일

지은이 안시내
펴낸이 김상현

콘텐츠사업본부장 유재선
출판1팀장 전수현　**책임편집** 김승민　**편집** 주혜란 심재헌
디자인 김예리 권성민　**마케팅** 이영섭 남소현 최문실 김선영 배성경
미디어사업팀 김예은 김은주 정미진 정영원 정하영
경영지원 이관행 김범희 김준하 안지선 김지우

펴낸곳 (주)필름
등록번호 제2019-000002호　**등록일자** 2019년 01월 08일
주소 서울시 영등포구 영등포로 150, 생각공장 당산 A1409
전화 070-4141-8210　**팩스** 070-7614-8226
이메일 book@feelmgroup.com

필름출판사 '우리의 이야기는 영화다'
우리는 작가의 문체와 색을 온전하게 담아낼 수 있는 방법을 고민하며 책을 펴내고 있습니다.
스쳐가는 일상을 기록하는 당신의 시선 그리고 시선 속 삶의 풍경을 책에 상영하고 싶습니다.
홈페이지 feelmgroup.com　**인스타그램** instagram.com/feelmbook

ISBN 979-11-93262-48-1(03810)